JN076756

マドンナメイト文庫

教え子 甘美な地獄

殿井穂太

目次

contents

教え子　甘美な地獄

第一章　女教師のせつない誘惑

1

「悪いことしているわけじゃないのに、なんだか緊張しますね」

村井咲希《むらいさき》は小声で言い、くすっと笑って肩をすくめた。通勤に使っている自転車を押して歩き、隣でこちらをチラッと見る。

艶《つや》やかな黒髪が、ゆるやかなウエーブを描いている。肩のあたりでふわふわと、やわらかそうに毛先が躍った。

「因果な商売だよね、教師なんて。どこに行っても父兄の視線を気にしてさ」

北岡秀樹《きたおかひでき》は、咲希に呼応して軽口をたたいた。

「まったくです。フフッ」

咲希が口もとをほころばせる。北岡が国語教師として勤務する、県立桑本《くわもと》高校の後輩教師。大学を出た彼女が新卒の数学教師として赴任してきたのは、昨年の春のことだった。

(話があるって……いったい、なんなんだ)

肩を並べて住宅街を歩きながら、北岡は心中で首をかしげた。

ついさっき、二人して学校を出たばかり。すでにあたりは薄暗くなっていたが、こんな時間に帰れることは、教師という人種にはめったにない。

一学期の期末テストがはじまっていた。部によってはテスト期間中だって部活動をするが、北岡や咲希が顧問として受け持つ部は、テストの間は部活動を休ませている。

梅雨明け宣言が出るまでには、もう少しかかりそうだ。毎日ムシムシと、不快な天候がつづいている。

今日も終日どんよりと、重苦しい色をした雲が空を低くした。こうして歩いているだけでも、じわりと汗が背すじににじみ出てくる。

「……………」

さりげなく、咲希の横顔を盗み見た。

すらりと鼻すじが通った小顔は、楚々とした奥ゆかしさを感じさせる。

いつもスクエアタイプの眼鏡をかけていた。眼鏡をとったら、その美貌は格段に魅力を増すのではないかと北岡は思っている。

抜けるように色が白く、美貌はもとより身のこなしにも、なんともいえない上品さがあった。ピンクの唇はぽってりと肉厚だ。真剣な顔をしているときはいかにも教師然としているが、笑ったときは愛らしく、見る者をなごませるものがある。

堅物で、性格にもどこか難のあることが多い女性教師の中では、慎ましやかな気立てがきわだつ、いたってまともな女性である。

そんな咲希から、相談したいことがあると言われたのは数日前のことだった。

テスト期間中で、互いの放課後スケジュールを調整することができたため、ようやく今日は連れだって帰途についたというわけだ。

歳は十歳も離れているが、なにかと自分を慕ってくれていることはよくわかっていた。性格的に、ウマが合う気もなんとなくしている。

だが、こんなふうに相談を持ちかけられ、二人きりで行動するのは今日がはじめてのことだった。柄にもなく、北岡はちょっぴり緊張していた。

教師たちの噂話などをしつつ、住宅地を抜けて繁華街に出た。桑沢高校は、この県一番の観光都市である風光明媚な城下町の一隅にある。

駅前からひろがる繁華街を抜け、昔ながらの建物が並ぶ住宅街を十五分も歩けば、北岡たちの勤務地だ。

通勤に便利だからと北岡が借りているアパートも、高校から徒歩十分ほどの古い住宅地の中にあった。

「あれ。えっと……あれは……」

北岡と他愛もない雑談をしていた咲希が、思わず足を止めたのは繁華街にあるゲームセンターの前だった。

カラオケ店やカフェ、レストラン、スーパーなどが並ぶにぎやかなストリートの一角に、その店はあった。

眼鏡の奥で眉をひそめて、店の中を見つめている。咲希の視線を追った北岡もまた「……うん？」と眉間に皺をよせた。

ゲームセンターは閑散として見えた。そんななか、奥のほうにある一台のゲーム機の前に、一人の少女が座ってプレイをしている。

（あれは……永沢《ながさわ》……永沢由衣《ゆい》？）

北岡の中で、少女の容姿と名前が一致した。桑沢高校の制服に身を包んだ由衣は、たいして面白くもなさそうな顔つきで、目の前のゲームに没頭している。

咲希が受け持つ、二年F組の生徒の一人。北岡もこの春から国語の授業を受け持つようになったが、正直、あまりいい印象はない。

美しい娘ではあるものの、日ごろの態度も成績も、感心できたものではなかった。期末テストがはじまったというのに、こんな時間にこんなところにいることからも、やる気のなさは推して知るべしだ。

「永沢さんったら……」

咲希は困惑した様子でため息をつき、北岡に笑顔を作る。

「先生、すみません。ちょっとだけ待っていただけますか」

「えっ。あ、ああ」

北岡に会釈をすると、咲希は自転車のスタンドを立てた。店の中に入ろうとする。

(おっと……)

今日の咲希は半袖の白いブラウスに、ネイビーのスーツスカートといういでたちだ。まぶしいほど白いブラウスの布をつっぱらせ、胸もとのふくらみがブルンと重たげに揺れて躍る。北岡はあわてて視線をそらした。

いつでも地味でお堅い装いに包まれていたが、じつは咲希のおっぱいは、桁はずれの豊満さをたたえる見事な巨乳だった。

北岡のうしろめたい見立てが正しければ、おそらくGカップ、九十五センチほどは余裕である。

咲希はそんな豊乳を、惜しげもない大胆さでたっぷたっぷと揺さぶって、パンプスの音も高らかに制服姿の少女に近づいていく。

（やばっ）

北岡の視線はつい、スカートに包まれた咲希のヒップに吸着しそうになった。ふたたび視線をベリバリと、暴力的にも思える淫靡な盛りあがりから引き剝《は》がそうとする。

清楚な美貌とは裏腹な、肉感的な女体の持ち主だった。

どこもかしこもムチムチと、やわらかそうな肉質を感じさせるが、とりわけ北岡たち男性教師を落ちつかなくさせるのは、たわわな乳房と大きなお尻。

そう。咲希はダイナミックな乳房と同様、無防備にふりたくるヒップもまた、教師としては無駄としか言いようのないセクシーさに充ち満ちている。

タイトなスカートを道連れに、大きなヒップが右へ左へと艶《なま》めかしくくねった。

スカートの布をはちきれんばかりに盛りあげる見事な臀丘は、みのりにみのった旨みたっぷりの水蜜桃を思わせた。

まがりなりにも教職にある男にとっては、目にも毒、股間にも毒のいやらしさ。お約束のように視線をそらしてしまう自分に、思わず北岡は苦笑する。

「………」

こほんとひとつ咳払いをして、咲希と由衣の様子を遠くから見た。もちろん距離がありすぎて、会話はまったく聞こえない。

声をかけられた由衣は、チラッと担任教師を見あげたものの、悪びれる様子は感じられなかった。

そんな少女のかたわらに立ち、咲希はさかんになにごとかを語りかける。

やがて由衣は、咲希の説教に閉口したような顔つきになった。

面倒くさそうに唇をすぼめ、椅子の背もたれに体重を押しつけると、まだ途中だったであろうゲームを放棄し、不機嫌そうに立ちあがる。

(来る)

ブスッとした表情で出てこようとする由衣を、北岡はじっと見た。

うつむきがちに歩いてきた由衣は、そこに北岡がいることに気づくと、ギョッとしたように目を見開く。

「もう暗いしな。明日もがんばれよ」

柔和に笑って、北岡は言った。由衣はムッとしたように唇を噛む。見ているこちらが不安になるほど、少女はすらりと細かった。

卵形の小顔を、肩胛骨のあたりまで届くストレートの黒髪が彩っている。くりっとした大きな瞳が印象的な表情には、隠しきれないあどけなさが横溢《おういつ》していた。噛みしめる朱唇は、ぽってりと肉厚だ。

この年ごろならもう少し焼けていたっていいものだがと思うぐらい、その肌は透きとおるような白さをたたえている。

半袖の白いブラウスにチェックのスカートという組み合わせは、学園指定の制服姿。だがスカートの丈はかなり短く、太腿の下半分が大胆に露出している。正直、北岡は目のやり場に困った。

だが、目のやり場に困るのは短いスカートだけではない。ブラウスの胸もとをこんもりとふくらませる、意外に豊満な乳房の迫力にも北岡は困惑した。

咲希に比べたら、ひとまわりほど小ぶりな気はする。しかしそれでもFカップ、八十三センチぐらいは、この年にして早くもあるのではないだろうか。

スタイルもよく、スカートから伸びる脚は、息を呑むほど長くて形がいい。キュッとしまったふくらはぎは濃紺のソックスで包まれ、黒いローファーを履いていた。

本当なら、周囲の男子たちがほうってはおかないような恵まれた容姿。だが由衣には他人を気やすくよせつけない、孤独な影がいつでもついてまわっている。

現に今も、由衣との間に見えない壁を感じた。よく考えたらこの娘が笑っているところを、これまで一度だって見たことはない。

入学した当初は、進学校として名高い桑沢高校の中でも上位の成績を誇る女子だった。

ところが成績は時とともにみるみる下降し、今は完全に落ちこぼれている。

「子供じゃないんだけど」

もう暗いから早く帰れと言われたことがしゃくに障ったようである。

忌々しそうにつぶやいた由衣は、肩にかけていたバッグを直し、足早に北岡の前を離れた。

スカートの短い裾《すそ》がひるがえる。

あんなにもスカートを短くしていては、なにかと危険なのではないだろうかと今日も思わずにはいられない。

「ちょっと心配なんです、あの子」

店から出てきた咲希は、いっしょになって由衣を見ながら嘆息した。

「永沢？」

北岡が聞くと、遠ざかる由衣を心配そうに見て、咲希は「ええ」と言う。

「家庭環境が、あんまりよくないらしくって」

「そうなの？」

昨年までは三年生、今年からは一年生の学年を受け持っている北岡は、二年の生徒たちのことはよく知らない。

「はい。母親に内縁の夫がいて、年明けぐらいから、その人と三人で暮らすようになったらしいんですけど、どうも……」

「うまくいってない感じなんだね。その男と……ＤＶ？」

言葉を引きとってたしかめる。咲希は由衣を見たまま、眉をひそめてうなずいた。

「その可能性もあるのではないかと……」

「なるほど……」

少女が家に帰りたくない理由がわかり、北岡も重苦しい気持ちになった。

繁華街を遠ざかっていく痩せっぽっちの少女を二人で見送る。由衣はにぎやかな雑踏に、やがてまぎれて視界から消えた。

2

「すみません。私ったら、ちょっと飲みすぎちゃって……」

「いや、それはいいけど。大丈夫かい、村井先生」

「あはは。どうしよう、生徒たちテスト期間なのに。世界がぐるぐるまわってます」

「おいおい……」

自転車を押しながら陽気に笑う咲希に、北岡はとまどった。まさかグレープフルーツサワー一杯で、こんなにも酔ってしまうとは思わない。

たしかに父兄の目は気になったが、別に悪いことをしているわけではないからと、食事を兼ねて居酒屋で飲むことにした。

だが、喉が渇きましたねと笑いながらサワーを口にした咲希は、あれよあれよという間に、北岡の知らない彼女になった。

「どうしよう。目がまわる。先生、ちょっとベンチで休んでもいいですか」

どうしようと言っているわりには、声のトーンも身体の動きもいつになく陽気だった。咲希は北岡の返事も聞かず、通りを曲がると自転車の向きを変える。

「えっ。あ、ああ……」

やれやれと思いつつ、咲希につづいた。

繁華街の一角にある、大きな市民公園。日の高いうちは都会のオアシスのように、大勢の観光客や地元の人間たちでにぎわう広大な公園だ。

緑豊かな敷地内は閑散としていた。

そもそものんびりと公園を散策するような時間ではない。明日もふつうに出勤しなければならないことを考えると、正直いささか時間が気になった。

しかし、咲希はいっこうに意に介さない。酔っているのだから、それも当然か。

「ああ、なんだかムシムシする。夜になってもすごいですね、湿気が」

咲希はほんのりと小顔が紅潮していた。とりわけ頬にさす朱色がなんとも色っぽい。

自転車を引きながら天を仰ぎ、白い歯をこぼしてため息をつく。スーツの上着はとっくに脱いで、自転車の籠に入れている。

たゆん、たゆんとおっぱいが、歩くリズムで上へ下へと艶めかしく揺れた。

「そ、そうだね」

北岡は、俺はなにを見ているんだと、自己嫌悪をおぼえて咲希の乳房から視線をそらした。どうやら自分も、ちょっぴり飲みすぎたらしいと苦い笑いがこみあげてくる。

咲希が一杯のサワーで一丁あがりになる間に、生ビールの中ジョッキ二杯と、焼酎のロックも二杯は飲んでいた。

「でも、こんな夜風でもないよりいいかも。ああ、酔っぱらっちゃいました。あはは」

日ごろのまじめさが嘘のように明るく笑う女教師は、知らない人が見たらまだ女子大生ぐらいに見えるかもしれない。

いつになく陽気で饒舌だった。二時間ほど店にいた間も、ほとんど一人であれこれとしゃべった。

持ちかけられた相談は、

――生徒たちの担任として、こんなときはどうふるまえばいいんですか？

――なるほど。それじゃ、こんなときは？

といった、はじめて担任を受け持った新米教師ならではの初々しいものだった。

北岡はそんな咲希の真剣さに好感を持ちつつ、十年選手の先輩教師として、経験をもとにアドバイスをしたのであった。

「……どうした、村井先生」

自転車を引く咲希といっしょに、園内の遊歩道を歩いていた。

もう少し行ったところに、ベンチが置かれている。しかし咲希は、そのはるか手前で足を止めた。自転車のスタンドを立て、

「先生、ちょっといいですか」

遊歩道をはずれ、いきなり木立の中に入っていく。

（はあ？）

北岡はとまどった。

広大な公園の外縁は、鬱蒼とした森の木立に彩られている。もちろん、舗装などされていない。しかし咲希は臆することなく、パンプスで森へとわけ入っていく。

「お、おい、いったいどこに行くつもりだと、村井先生……村井さん？」

遊歩道をはずれてしまいなどしたら、きょとんとした。ただでさえ暗い時間帯なのに、足もとをたしかめることさえおぼつかない。

「すぐに終わります。ちょっと先生に見てもらいたいものが」

「えっ」

見てもらいたいもの……公園の森の中に……こんなところに、いったいなにがあるというのだ。

「ちょ……村井先生」

「こっちです」

とまどう北岡に有無を言わせず、咲希は木立の奥へと消えていく。

「おいおい……」

捨て置かれたままの自転車も気になったが、酔った彼女をこんなところに一人残して帰るわけにもいかない。

しかたなく、咲希につづいて遊歩道をはずれた。土や石ころ、雑草などが剝き出しになった足場の悪い地面を踏みしめ、北岡は咲希のあとを追う。

何度か雑草に足をとられた。バランスを崩してつんのめりそうになる。そのたび必死に転倒を阻止し、舌打ちをして前へと進んだ。

あたりは深い闇一色になった。繁華街にある公園だというのに、こんなところに来てしまったら公園灯の光もなく、しかも公園外の喧噪《けんそう》すら届かない。

「あっ」

すると、いきなり誰かに手首をつかまれた。

誰か——決まっている。こんなところにいるのは、どう考えても咲希しかいないではないか。北岡の手首をつかんだその人間は、驚くほど強い力で彼を引っぱった。

「わわっ。ちょ……む、村井せんせ——むんぅ」

動転して咲希を呼んだ北岡の声は、不様に寸断された。

声を出したくても出すことができない。光のささない真っ暗闇。咲希だと思われる人間が、突然北岡の口におのが唇を押しつけてきた。

「んんぅ、ちょ……村井さん……」

「先生……ああ、北岡先生、んっんんっ……」

やはり、咲希だった。思いもよらない熱烈さで、北岡の身体を抱きすくめる。

酒の残り香の入りまじる甘ったるい吐息が、北岡の顔に吐きかけられた。咲希は熱い鼻息をフンフンとこぼし、右へ左へと顔をふって、彼にキスをする。

「んんっ。お、おい、村井先生……んんぅ……」

「北岡先生……んっんっ……わ、私……私……ムンゥ……」

「おおお……」

……ちゅぱちゅぱ。ピチャ。ぢゅちゅ。

ぽってりとした唇を、グイグイと激しく押しつけられた。キスをしながら訴えてくる咲希の声は、切迫したせつないなにかを感じさせる。

(ど、どういうことだ。どうして村井さんが。ああ……)

勢いに負け、一歩、二歩とあとずさった。背中をドンと圧迫したのは、思いのほか太い樹木の幹だ。

「はぁはぁ。き、北岡先生、私……」

樹木と咲希にサンドイッチにされた。フリーズする北岡に身体を密着させ、咲希は訴えるように彼を見る。

眼鏡のレンズのすぐ向こうで、切れ長の目が揺らめいた。

北岡はハッとする。今にも泣きそうな顔つきだった。やっていることの大胆さとこの表情は、あまりにギャップがある。

「む、村井……先生」

「先生、私、恥ずかしくって死んでしまいそうです」

「えっ、あっ」

攻守ところを変えるかのようだった。咲希は北岡を抱きすくめたままくるりと身体を反転させ、マツらしき大木の幹に背中をあずける。

北岡の手首を左右ともつかんだ。そしてそのまま強引に、自らの胸に彼の手指を勢いよく押しつける。

……ぷにゅう。

「うわわっ」

「はうン……」

「ちょ……なにをするんだ、村井さん」

十本の指がブラウスごしに、咲希のおっぱいを鷲づかみにしてしまう。服と下着にはばまれてこそいたものの、とろけるようにやわらかな乳の量感を生々しく感じる。

（くうぅ）

思いがけないものに触れてしまい、たまらず股間がキュンとうずいた。

聖職者だって人間である。生理的な反応はどうしようもない。

だが、このままずっとこんなものを鷲づかみにしていていいはずがない。北岡はあわててたわわなふくらみから指を放そうとする。

「い、いや」

しかし、咲希は許さない。北岡の指に白魚さながらの指を重ね「揉んでください。ねえ、揉んで」とねだりでもするかのように自分の指を開閉させ、北岡の指を深々とおのが乳房に食いこませる。

「ああ、村井さん、おい……いったい、どういう――」

「先生、どうしてですか」

問いただそうとする北岡を、逆に咲希の質問がさえぎった。

「……えっ」

北岡は眉をひそめる。咲希の声はふるえていた。見れば眼鏡の奥の涼やかな瞳は、先ほどまで以上にウルウルとしている。

「む、村井さん……」

「どうしてですか。どうして……私の気持ちに気づいてくださらないんです」

「ええっ、あああ……」

……もにゅもにゅ。もにゅもにゅもにゅもにゅ。

なじるように言いながら、咲希はいっそう艶めかしい手つきで、自分のおっぱいをまさぐった。もちろん、北岡の指を道連れにしてである。

（それじゃ、村井さんは俺のことを……）

咲希の言葉によって、北岡はようやく彼女の気持ちを知った。

言われてみれば去年の秋口ぐらいから、目に見えて会話の回数が増えていた。しかもきっかけを作っていたのは、いつもほとんど咲希だった記憶がある。

気づけば北岡は加速度的に、咲希との親密さを増しはじめた。

だったらあれが、咲希からのサインだったのかなと思い当たる出来事も、すぐさま、いくつかは思い出せる。

恥をしのんでシグナルを送っているのに、ちっとも気づかない北岡に長いこと焦れつづけたに違いない。それでは今夜の相談事も、二人きりになるために用意した言い訳だったんだなと今さらのように理解する。

（わあ、ま、まずい。まずいって。おお……）

だが、事態は切迫していた。無理やり乳房を揉まされて、意志とは関係なく身体に鳥肌が立つ。

なにしろ魅力的な女性であることは論をまたない女教師なのだ。

まさか自分がそのおっぱいを揉む日がくるとは思わなかったが、揉めば揉むほど目の前の、清楚な女教師に激しい劣情をおぼえ出す。

だが、果たしてそれでいいのか。北岡は浮き足立って自問した。

たしかに村井咲希という女性に好感を抱いていることは間違いない。しかしそれは、恋とは違うものなのではないか。そもそも北岡は、もう恋など二度とするものかと思いながら生きてきた。

一人の女の面影が、久しぶりに脳裏に蘇る。思い出の中のその女は、追いすがる北岡を憐れむように鼻で笑って、彼のもとを、ヒールを鳴らして去っていった。

「あの、村井さ——」

「はうゥ、北岡先生……」

(えっ)

思いもよらない状況にとまどいながらも、やはりあいまいな気持ちでこんなことをしてはならないと咲希を拒みかけたそのときだった。

咲希はまたしても驚きの行動に出る。

ブラウスのボタンをすばやくはずし、服の合わせ目を一気にかき開いた。

すぐさまブラカップに指をかけると、息もつかずにそれをせりあげる。

――ブルルルンッ!

「うわあ、む、むむ、村井さん」

中から露《あらわ》になったのは、夜目にも白くいやらしい、量感たっぷりの巨乳だった。

二つ仲よくたっぷたっぷと重たげに揺れるのは、小玉スイカかそれともマスクメロンかと、賛嘆せずにはいられない大迫力の肉房だ。

白い乳肌に、淫靡な肉のさざ波が立った。

上へ下へと跳ね躍るまんまるな巨塊の先端には、サクランボを思わせるまるい乳首がつんとしこって勃《た》っている。

3

「おお、村井さ——」

「先生、触ってください」

涙まじりの哀切な声で、咲希は北岡に訴えた。

「いや、しかし」

「触って。ねえ、触って」

とまどう北岡の二本の手首を、もう一度咲希はギュッとにぎる。あらがう北岡をものともせず、渾身の力で彼の指をまる出しのおっぱいに導き、押しつける。

……ふにゅう。

(あああああ)

なんというやわらかさ。なんという豊満さ。そしてこれはまた、なんと淫靡な熱をはらんでいることだろう。

この乳はマシュマロそのものだと浮き立った。

量感たっぷりの乳肉に、ムギュッと指がめりこんでいく。たわわなおっぱいは苦もなくひしゃげ、変な角度に乳首を向けた。

「はぁはぁ。あぁん、先生、はぁはぁはぁ……」

「うう、村井さん……」

ムシムシと不快な湿気の濃い夜だった。

そのせいか、それとも早くも昂揚し、体熱があがってきているのか。苦しげにあえぐ咲希の乳房は、じっとりと汗すら分泌させて艶めかしい湿りを帯びている。

（まずい）

こんな卑猥な肉塊をじかに鷲づかみにさせられてはたまったものではない。

意志とは裏腹に、股間がキュキュンといっそう強いうずきをはなつ。

堪えなくてはと必死に我慢した淫らな欲望が、一気に熱を持ちながら、腰骨のあたりから全身に、じわり、じわじわとひろがっていく。

（おおお……）

「き、北岡先生、私の気持ち、わかってくれましたか。毎日、つらかったです」

訴える咲希はもう涙目だ。

先ほどまでの酔いっぷりは演技だったのか。雰囲気を一変させて迫ってくる女教師は、先刻までとは別の意味で北岡の知らない女性である。

「村井さん……」

そんな後輩教師の捨て身のような訴えに、甘酸っぱく胸をしめつけられた。

いいのか、こんなことをして本当にいいのか、という迷いはまだなおあるものの、意志や理性では制しがたい、まがまがしいものがさらに北岡を麻痺させる。

「先生、恥ずかしい。私、今、死ぬほど恥ずかしいし、とっても苦しいです」

「ううっ……」

「生徒たち、今ごろみんな勉強をがんばっているのに、私ったら……でも、でも……こうでもしないと、ぜんぜん気づいてくれないから」

咲希はもにゅもにゅと、北岡の指に白魚の指を重ねて自ら乳をまさぐった。

「あぁあ。お、おい……」

しっとりとした乳肌は、内側からにじみ出すせつない熱が生々しかった。

鷲づかみにしてグニグニと揉めば、甘ったるい温かさがふわりと顔を撫であげる。

ぷりっと弾力の利いた練絹さながらの触感で、男の本能をあぶりたてる。

（ま、まずい……俺――）

「お願いです、先生。女に恥、かかせないで……」

「村井さん」

もうだめだと北岡は浮き立った。教師とてケダモノだという現実を、きまじめな女教師に突きつけられる。

「私、魅力ないですか。おっぱい、ぜんぜん興奮しませんか。は、恥ずかしい。ねえ、先生、どうしたら……どうしたら──」

「ああ、村井さん」

「ハアアァァン」

とうとう北岡は爆発した。

衝きあげられるような劣情が、聖職者としての矜持《きようじ》や道徳観を粉砕する。

矢も楯もたまらず、乳の先っぽにむしゃぶりついた。それだけで咲希は艶めかしい声をあげ、ビクンと女体をふるわせる。

「おお、村井さん、んっんっ……」

……ちゅうちゅう。ぢゅる。

「アハアァ。あっあっ、き、北岡先生……先生、ああぁ……」

乳に吸いつく北岡の頭を、咲希が熱くかき抱いた。そのせいで、北岡の顔はいっそう強く、ふにふにとひしゃげる白い乳塊に押しつけられる。

「くぅ、村井さん、こんなことされたら、もう俺……んっんっ……」

北岡はもにゅもにゅと両手でおっぱいを揉みしだいた。

そうしながら片房の頂《いただき》に吸いついて、品のない音を立てながら夢中になって乳首を吸引し、コロコロ、コロコロと少し強めに舐めころがす。

「あっあっ。ハアァン。先生……北岡先生、ヒハアァァ……」

見た目のとおり咲希の乳首は、すでに完全に勃起していた。乳輪は淡い鳶色《とびいろ》をしていたが、乳首はそれよりさらに深い色合いだ。

そんな乳首をさかんに吸い、舌ではじくように舐めしゃぶった。

官能的にしこったいやらしい乳芽は、硬いようなやわらかいような乳首独特の感触で、北岡の舌を「そうよ。そうよ」とでも言うかのように艶めかしく押し返す。

（ああ……）

頭の芯が麻痺していく。ずいぶん久しぶりの乳だと、ぼんやりと思った。

かれこれもう、五年ぶりぐらいにはなるのではないか。あのころ愛していた女は、咲希ほど豊満な乳房を持ってはいなかったが……。

「くぅ、村井さん……」

「あぁぁン」

片房の頂を唾液でベチョベチョにした。休む間もなく北岡は、もう一方のおっぱいにも同じようにかぶりつき、唇と舌でサディスティックにあやしてなぶる。

「あっあっ。はぁぁン、先生……さ、咲希って……」

「えっ」

北岡の頭を熱く、いとおしげに抱きすくめつつ、咲希は甘えた声で言った。

「みょ、苗字はいやです。名前で……咲希です。私、咲希です」

「で、でも……」

「だめですか。先生、だめですか」

「うう……」

暴発ぎみにはじめてしまった、ハプニング的なまぐわいだった。

咲希の期待に応えることは、ますます面倒な深みへと二人して引きずりこまれてしまうだけな気もする。

だが――。

「さ、咲希さん……」

乞われるがまま、北岡は咲希を名前で呼んだ。すると咲希は、いやいやというように、北岡の頭を抱きしめたまま身体を揺さぶる。

「呼び捨てに。先生、呼び捨てにしてください」

「さ……さ、咲希」

「あああ」

ただ呼び捨てにした、それだけのことだった。しかし咲希は歓喜を露にし、さらに熱烈に北岡の頭を抱きすくめ、おのが乳房へと押しつける。

（ううっ……）

たわわな柔乳が、いっそうムギュムギュと北岡の顔面を圧迫した。じっとりとした汗の湿りと唾液にまみれ、擦《こす》れる乳がニチャニチャ、パフパフとただごとではない音を立てる。

（くうぅ。たまらない）

せつなさあふれる痴情を露にした咲希の反応に、ますます北岡は昂《たかぶ》った。息苦しさがふくれあがり、キーンと耳鳴りさえするようになる。

乳房から顔を剝がした。思わずはぁはぁとあえいでしまう。荒ぶる鼻息をどうにもできないまま、北岡は咲希の腰をつかむや、くるりとその身体を反転させた。

「きゃあ。あァン、せんせ……あああっ」

北岡を呼びかけた咲希の声は悲鳴に変わる。四の五の言わせぬ大胆さで、北岡が咲希の腰をグイッと手前に引っぱったのだ。

「あぁ……」

黒髪の女教師は目の前の幹に両手をつき、背後に尻を突き出した。

つまりこれは、立ちバックのポーズ。ただでさえ窮屈そうなタイトスカートの布に、息づまる迫力で大きな尻の形が盛りあがる。

（おおお……）

北岡は心臓をバクン、バクンと脈打たせた。

いつでも目にしてはあわてて目をそむけた、蠱惑《こわく》的な肉の水蜜桃。それが目と鼻の距離で北岡をあざ笑うように挑発する。

「ううっ、さ、咲希」

「ハアアァアン」

興奮のあまり、鳥肌が背すじを駆けあがった。

ネイビーのスカートの裾に指をかける。そしてそのまま一気呵成《いっきかせい》に、ヒップにまつわりつくスカートを腰の上までまくりあげる。

……ズルズルッ。

「あぁン、いやあぁ」

「おおお……」

乳房につづいて今度は尻が、深く濃い闇に露出した。

はちきれんばかりにふくらむ豊満なヒップは、北岡の道徳心をからかうような猥褻さで、プリプリと左右に艶めかしくくねる。

まんまるに張りつめた巨大な臀丘を、ブラジャーとそろいの白いパンティが包んでいた。

レースの縁取りも艶めかしい純白パンティは、わざとサイズ違いのものを穿いているのではないかと悲鳴をあげたくなるほど、肉厚な尻にギチギチと食いこんでいる。

闇に慣れはじめた北岡の目に、パンティの白さが鮮烈なまでに飛びこんだ。

臀丘のエロチックなまるみも、パンティが覆う尻渓谷の淫猥なくぼみも、発情した牡の股間にビンビンとくるセクシーさだ。

「くうぅ、たまらない」

思わず声に出してうめいてしまっていた。両手の指をパンティに伸ばす。北岡の指は不様にも、わなわなとふるえていた。

尻に食いこむ下着の縁に指をかける。許しも得ずにパンティを、ズルリ、ズルズルと太腿の半分ほどまで下降させた。

「ああァン。い、いやン、北岡先生」

「おお、咲希……ああ、いやらしい！」

下着の中から露になった、女体のもっともいやらしい部分に、北岡はもう興奮を隠せない。咲希の背後に膝立ちになった。見られることをいやがってくねるヒップをガッシとつかみ、強制的に動きを封じる。

「ハアァ、先生、恥ずかしい……」

「な、なにを今さら。はぁはぁ……こんなことになってしまったら、もう俺、だめだよ、咲希」

羞恥にふるえて声をうわずらせる咲希に、うわずったトーンで北岡は言った。

「北岡先生……」

「俺だって男だ。咲希みたいなかわいい先生……お、女の人に、こんなことされてしまったら……もう……もう――」

「きゃあああ」

ふだんは理性の奥深く、鍵をかけて封印していた。

こみあげる性欲は、もはや煮えたぎるマグマのようだ。

毛穴という毛穴からブスブスとピンクの煙をあげ、ほの暗い劣情が湯気のように湧き出してくる。

4

「ああ、見えた。見えたよ、咲希」

北岡は、いやらしいことしか考えられなくなった。暴走する情欲にブレーキがかからなくなっている。

言わなくてもいいことをわざと口にした。きまじめな咲希はありったけの勇気をふりしぼって、こんな恥ずかしい勝負に出たはずだ。そんな咲希をさらにせつない羞恥地獄に突き落とし、男の本懐を遂げるべく、一気に卑猥さを加速させていく。

「ひぃぃ。北岡先生、そ、そんなこと言わないで……」

案の定、咲希は引きつった声をあげた。北岡の生々しくも熱い吐息が大事な部分に降りそそがれていることを、いやでも感じていることだろう。

見られることを恥じらって、プリプリと懸命に尻をふった。しかし北岡はギリギリと指に力を入れ、そんな尻肉を自由にさせない。

「はぁはぁ……ああ、咲希……」

「いやン。先生、いやです。恥ずかしい。恥ずかしい。いやあぁ……」

「おおお……」

はぁはぁと息を荒げ、いっそう顔を近づけた。咲希がもっとも恥ずかしいだろう牝の局所を、ぎらつく瞳でこれ見よがしにガン見する。

(おおお……)

闇の中にさらされた女教師の女陰は、すでに艶めかしくぬめっていた。

射しこんでいたらしいわずかな月明かりを浴び、ドロッと重たげなねっとり感をアピールしながら、縦に走る恥裂を光らせる。

どうやらすでに、かなりの愛蜜を分泌させているようだ。

ふっくらと盛りあがる肉まんさながらの大陰唇から、貝肉のようなビラビラが二枚仲よく飛び出していた。

ラビアはすでにいやらしくほぐれ、くぱっと左右にひろがっている。妖《あや》しいぬめりは露になった肉ビラのあわいからのぞいていた。

(こ、興奮する)

はじめて目にする咲希の陰唇の卑猥さに、たまらずペニスがジンジンとうずく。

スラックスの股間部は、布が裂けそうなほどテントを張っていた。

勃起した肉棹がつっかい棒になり、亀頭の形を浮きあがらせて「早く出せ」と吠えてでもいるかのようだ。

「おお、咲希……咲希！」

「きゃあああ」

おっぱいにつづいて北岡は、荒々しく媚肉にむしゃぶりついた。

口をすぼめて剝き出しの秘割れにヌチョリと押しつければ、咲希の喉からは今夜一番の淫らな嬌声がけたたましくはじける。

「はあァン、北岡先生」

「ああ、咲希、はぁはぁ、ゾクゾクする。ゾクゾクするよ……」

……ピチャ。

「あああああ」

……ピチャピチャ。ニチャ、ピチャ、ぢゅちゅ。

「あああ。うあああああ」

欲情した花びらのあわいを舐められる悦びは、咲希のような、まじめな女教師にも我を忘れさせてしまうのか。

北岡が舌を躍らせ、上へ下へ、また上へ下へとさかんにワレメをこじってあやせば、乳と尻、女陰をまる出しにした数学教師は、彼女とも思えない歓喜の嬌声をほとばしらせる。

「あああ。ああああ。先生、北岡先生」

「はぁはぁ……さ、咲希、おおお……」

「こ、興奮してください。私のこと、女として見て。お願い。お願い。あああぁ」

北岡へのせつない恋心と、はしたない官能のどちらをも感じた。

あふれ出す多幸感に酔いしれながらも、自分の声の大きさに気づいたのか。咲希はあわてて口を覆う。

「むんウゥゥ……」

「はぁはぁ。濡れているよ、咲希。こんなに濡らして……こんな公園で。俺たち、教師なのに……」

「ハアアァアン」

二つのヒップを鷲づかみにし、くぱっと左右にひろげていた。

そのせいで、淫華ばかりかアヌスまでもが、惜しげもない大胆さでかすかな月明かりに皺々をさらす。

「いやン、いやンいやン。そんなこと言わないで。アァン、先生のいじわる。いじわる、いじわ——きゃあああ」

北岡は不意打ちのように肛門も、たっぷりの涎をまぶしてねろんと舐めた。

せっかく片手で蓋《ふた》をしたはずなのに、思わぬ電撃につらぬかれ、咲希は口から手を離し、獣の声をうわずらせる。

「ここも感じるのかい、咲希」

はぁはぁと息を吐きかけながら、北岡はさかんに肉のすぼまりを舐めあげた。

ずいぶん久しぶりの乳くり合い。

ずいぶん久しぶりの女の身体。

しかも自分に身も心も許した女は、極上級の「いい女」である。

もはや暴走は止められなかった。行くところまで行くしか、今夜は終わりを迎えられない。

「あァン、恥ずかしい……そ、そんなとこまで……そんなとこまで先生に舐められちゃってるンンン」

「こっちもだよ。なんだい、この濡れかたは」

「ハアアアァン」

秘肛から、またしても陰唇へと責めの矛先を変えた。

牝唇の濡れっぷりは、先ほどまでよりさらに激しく、肛門を舐めているその間に、さらなる蜜を沸き返らせていたことがわかる。

「ああン、先生、あっあっあっ。あっあっあっあっ。ハアアァァン」

陰核まで舌を伸ばし、息を荒げて舐めようとした。

莢からずるりと牝豆を剝く。プリプリとした枝豆のような肉豆を、上へ下へ、上へ下へと、ビンビンと舐めてはじきたおす。

「はあぁァン。ああああぁ。先生、先生ィィン」

「感じるか、咲希。感じるか」

怒濤《どとう》の勢いでクリ豆を舐めしゃぶりながら、北岡は言葉でも咲希を責めた。

聡明な女の性感スポットは、じつは脳の中にもある。

うずく牝真珠を執拗に舐めころがされながらの言葉責めに、咲希はますますとり乱して「あああ。うあああぁ」と聞くに耐えないよがり吠えを連続させる。

「うああ。先生、恥ずかしい。感じちゃう。私……ほんとに感じてしまいます！」

「おお、咲希……」

痴情を露にし、ガチンコの牝蜜をあふれさせてよがる女教師に、とうとう辛抱たまらなくなった。

北岡はその場に立ちあがり、ふるえる指でスラックスのボタンとファスナーを解放する。

下に穿いていたボクサーパンツごと、ズルッと膝までスラックスを下ろす。

――ブルルルンッ！

「はうぅ、き、北岡先生……」

闇にまろびでた北岡のペニスを、咲希はチラッとふり返った。そのとたん、彼女の顔には意外そうな驚きの感情がすばやく走る。

だが、それも無理はない。

北岡の男根は、戦闘態勢になると軽く十五、六センチの長さになる。

しかもただ長いだけでなく、胴まわりも太い。

たとえて言うならたった今、掘り出したばかりのサツマイモのよう。そんな野性味あふれる野太さをこれでもかとばかりにアピールし、天に向かって暗紫色の亀頭を雄々しく突きあげる。

「おお、咲希……咲希！」

「はあァン……」

咲希の背後で体勢をととのえ、女教師にも、改めてこちらにヒップを突き出させた。

下腹部にくっつくそうなほど反り返る極太を手にとって角度を変え、ぷっくりとふくらむ鈴口でヌチョヌチョと咲希のワレメをあやす。

「アァアン、先生……あっあっ。いやン、いやン。先生イィイ」

「はぁはぁ……い、いいんだね。ほんとにいいんだね」

ヌメヌメした牝肉と亀頭が擦れ合うたび、火花の散るような電撃がはじけた。

欲求不満のカリ首が甘いうずきをジンジンと放つ。露払いのようなカウパーが、ドロッと牝肉に付着してはぬめる粘膜に練りこまれる。

5

「あああ。北岡先生いィイ」

「挿《い》れるよ。挿れていいんだね、咲希」

「うあああ。い、挿れて、挿れてください。私を先生のものにして。明日からの私を、今日までと違う私にしてください」

「くぅ、咲希……咲希、うおおおっ」

——ヌプッ！

「あああああ」

――ヌプッ、ヌプヌプヌプッ！

「あああ。あああああ」

「うお……す、すごい……」

とうとう北岡の牡砲は、咲希の腹の底に飛びこんだ。

後輩教師の妖艶《ようえん》な胎路は、やはりたっぷりと潤んでいる。

そのうえいやらしく蠕動《ぜんどう》し、侵入してきた極太を奥へ、奥へと引きずりこむような動きをした。

「くぅ、咲希、おおお……」

官能的に蠢《うごめ》くヌメヌメの牝肉に、北岡はいっそう恍惚《こうこつ》とする。

牡の本能に導かれるがまま、ズズッ、ズズズッと股間を突き出し、気持ちのいい粘膜の中へ限界いっぱいまで怒張を潜りこませていく。

しかしこれは、なんと狭苦しい膣路だろうか。

ゆっくりと亀頭を進めると、圧迫する膣ヒダと肉傘が窮屈に擦れ合った。

それだけで、腰の抜けそうな快さ。北岡はあわてて奥歯を噛みしめ、暴発の危険を回避する。

「ああ……」

「は、入った……入ったの。北岡先生の、か、硬くて……熱いものが。あああ……」

ようやく根元まで男根を埋《うず》め、歓喜の吐息を漏らしたときだった。

立ちバックの体勢で北岡の猛りを受け入れた咲希は、極太をまる呑みしたままねちっこい動きで尻をふり、感きわまったようなうめきをもらす。

「咲希……」

「いやだ、私ったら……泣いちゃいそう……」

北岡にヒップを突き出したまま、とまどったようにかぶりをふった。その言葉のとおり、咲希の眼鏡の奥の目は、キラリと光るものをにじませている。

「お、おい……」

「動いて。動いてください。先生、気持ちよくなって。なにもかも……なにもかも忘れて気持ちよくなって」

「でも」

「動いて。動いてええっ」

「くうう……」

……ぐぢゅる。ぬちゃっ。

「あああ。ああ、もっと、もっと動いて。もっと、もっと」

「ぬう……ぬうう……」

「ああああ」

咲希にあおられるがまま、いよいよ腰を使い出した。

とろけにとろけた牝蜜まみれの肉壺の中で前へうしろへとペニスを抜き差しし、とろけるような悦びに咲希と二人でどっぷりとひたる。

「はあぁん。あっあっ。あァン、先生……あっあっ、私……私イィィ……」

「はぁはぁ……咲希……おおお……」

肉棒にひらめく気持ちよさは、事前の予想をはるかに超えていた。

たっぷりの愛液のせいですべりこそ快適だが、膣の狭さは驚愕もの。カリ首とヒダヒダの戯れ合いが、恐ろしいほどの窮屈さでヌチョヌチョ、グチョグチョとくり返される。

(き、気持ちいい)

北岡は天を仰いで恍惚とした。

甘酸っぱさいっぱいのまたたきが、亀頭をさらにジンジンとしびれさせる。我慢をしようとすればするほど、口の中いっぱいに唾液が湧き、じゅわんと股間がせつなくうずいて吐精衝動が膨張する。

（まずい。これは……長くもたない）

久しぶりの牝肉であることに加え、この狭隘《きょうあい》さだった。最後の瞬間は呆気なくやってきそうである。北岡はさらに奥歯を嚙み、腰の動きを加速した。

「あっあっ。はぁン。はあぁァン。せ、先生、感じちゃう。感じちゃいます！」

そんな北岡のピストンで、前へうしろへと女体を揺さぶられ、咲希はエロチックな声をあげた。

重力に負けて釣鐘のように伸びる乳房が、たゆんたゆんと激しい動きで勃起乳首をあちこちに向ける。

「くぅ、咲希……ああ、俺も気持ちいい。だめだ。もう出る。もう出るよ！」

「きゃふっ」

――パンパンパン。パンパンパンパン！

「あっあっあっ。アァ、北岡先生、いやン、気持ちいい。気持ちいい。はあぁァァ」

「はぁはぁはぁ。はぁはぁはぁ」

いよいよ怒濤の勢いで、汗ばむヒップにおのが股間をたたきつけた。

ぬめる肉洞をグチョグチョと、えげつない音を立ててかきまわす。猛る亀頭で膣の凹凸を掻《か》きむしり、最奥の子宮口までズンズンとえぐって、ほじって蹂躙《じゅうりん》する。

「ひぃぃ。ああ、奥もいいです。いやン、奥も気持ちいい。ああ、とろけちゃう。とろけちゃうンン」

「おお、咲希……おおお……」

精液を急ごしらえする陰嚢の中で、二つの睾丸が煮こまれるうずらの卵のように跳ね躍った。

陰茎の芯がしどけなくしびれ、真っ赤に焼けて拍動する。

(ああ、ほんとに出る！)

キーンという耳鳴りが、潮騒《しおさい》さながらのノイズへとエスカレートした。

不穏なノイズのあとを追い、地鳴りのような激しい音が、頭蓋の奥からせりあがってくる。

「あぁん、先生、もうだめです。イッちゃう。イッちゃう、イッちゃうンン！」

「で、出る……」

「ああああン。あああああああっ！」

──どぴゅどぴゅっ、びゅるぶぴぴ！　どぴゅどぴゅどぴゅっ！

とうとう北岡はめくるめく官能の頂点へと突き抜けた。

頭の中に音もなく、強い閃光《せんこう》が炸裂する。意識が一瞬完全にとだえた。

それなのに、治外法権の雄々しさで咆哮《ほうこう》をはじめた極太は、ゴハッ、ゴハッと咳きこむように、ドロドロした粘弾を、二度、三度、四度と、女教師の膣奥深くにたたきつける。

「うお……おおお……」

「はうぅ……せ、先生……」

北岡はうっとりと、間抜けな声をあげて吐精の多幸感に酔いしれた。だが自分に呼びかける咲希の声で、ようやくハッと我に返る。

脈動する怒張はズッポリと、根元まで咲希の腹の底に埋まりきっていた。そんな状態で女教師は、ビクン、ビクンと肉感的な女体を断続的に痙攣させる。

「咲希……」

「し、幸せ……あああ……私、幸せです……はあぁぁ……」

窮屈な体勢でこちらを向いた。

真っ赤に染まった美貌には、官能の余韻が色濃く残り、眼鏡のレンズがくもっている。しかし同時に咲希のセクシーな小顔には、今さらながらに恥じらうような愛くるしい慎ましさも見てとれた。

（いい女だ……）

改めて北岡はそう思った。

そう思ったからこそ、深い後悔と自己嫌悪の念にもさいなまれる。

射精とともに昼間の自分が、ゆっくりと身体に戻ってきた。本当にこれでよかったのかというとまどいが、早くも北岡を落ちつかなくさせる。

「おおお……」

それでも咲希の淫肉は、やはりとろける快さだ。

「うれしいの。うれしいの」とでも訴えるかのように、ウネウネと波うって蠕動しては北岡のペニスを締めつける。

そんな咲希の卑猥なぬめり肉に北岡はふたたび恍惚とし、どぴゅっと精液の残滓《ざんし》を飛びちらせた。

まったく男って生き物はと、自分のふがいなさを男たちみんなの罪へとこっそりすり替えた。

第二章　懐かしい蜜肉

1

「いいよ、そんなに気にしなくても。うん。こっちは大丈夫だから。それじゃ……」

北岡はそう言って電話を切った。

思わず「ふう……」とため息をつき、鞄にスマートフォンを戻す。

複雑な気分で見慣れた街をアパートへと戻る道すがらだった。

一日の勤めをようやく終え、学校をあとにした北岡を追うように届いた咲希からの電話に、ますます気分がどんよりと重くなる。

——ごめんなさい。今日はお家に行って、ご飯を作ってあげられないかと……。

すでに期末テストは終わり、ふたたびいつもの学園生活がはじまっていた。

部活の指導や明日の授業準備、繁雑な事務作業など、職員である教師が帰りたくても帰れないブラック企業の筆頭のような勤め先が、学校という場所である。

それでも咲希はあの夜以来、必死に仕事をやりくりしては、こっそりと北岡の暮らすおんぼろアパートを訪ねてきた。

毎回必ず手料理を作り、あわただしいなか、いっしょに遅い夕飯を食べ、北岡が求めれば、拒むことなく必ず身体まで彼に捧げた。

「求める俺が悪いんだけどな……」

北岡は自嘲的にうめいてかぶりをふる。そんなふうにして、彼と咲希の関係は「恋人」なるものへと自然に変わってしまっていた。

高校から自転車で三十分ほどの距離にあるという、咲希のアパートの住所や電話番号もすでに彼女から教えられ、招待すら受けている。

幸せいっぱいな様子の咲希を見ると、とてもではないが「悪い。一時の気の迷いで、あんなことを……」などとは言えなかった。

それではあまりに、彼女が不憫である。

「このままでも、いいのかな……」

夜空を見あげ、他人事《ひとごと》のように北岡はつぶやいた。

ほかに好きな女がいるでなし。ここまで咲希が好意をよせてくれているのなら、彼女と二人で家族というものを作ってみてもいいのかもしれない。

「家族、ね……」

重苦しい気持ちで北岡は嘆息する。

家族というものにも、人生のパートナーとなる女性に対しても、なんら積極的な期待や夢など持ってはいなかった。

この期《ご》に及んでもまだ、こんなあいまいな気分のまま、アパートの畳に咲希を押し倒し、彼女の身体を求めてしまう自分がとんでもない悪人に思えてならない。

どうしてこんな男になってしまったのかと、北岡は自分にうんざりする。強い影響を受けているのは、たぶん二人の女の存在だ。

一人目の女は、五年前に手ひどくふられた瀬崎美和《せざきみわ》。

瀬崎はもはや旧姓である。

今年、三十三歳になっているはずだ。

とにかくスタイル抜群で、モデルのような肉体と並はずれた美貌を持っていた美和とは、大学時代の友人の紹介で知り合った。

惚れぼれするほど美しく、魅力的な女であることは間違いなかった。

だが、交際をはじめた当初から気になったのは、その物欲の強さと上昇志向の強烈さである。

折に触れ「やっぱりこんなご時世なんだし、公務員のカレシが一番。ようやくいい人に出会えた」とうれしそうに言ってはいたが、正直、公務員――お堅くて、面白みもない教師の妻の座なんかに、満足していられるような女性には思えなかった。

だが、なんだかんだ言いながら、北岡は美和に惚れてしまっていた。

まさに北岡にとっては高嶺の花のような存在で、そんな彼女が自分なんかに夢中になってくれていることが夢のように思えた。

もうひとつ気がかりなのは、美和の性欲の強さだった。

好色な女だからきらいなのだというわけでは決してない。だが、好色な女にはトラウマがあった。

結果的に、北岡の父は好色な妻を娶《めと》ったばかりに一度目の結婚に失敗したどころか、たいせつにしていたさまざまなものまで妻のせいで失った。

北岡はそんな父である洋平《ようへい》と、まだ小さかった北岡を平気で残し、ほかの男のもとに嬉々として飛びこんでいった母である加寿子《かずこ》の、思い出すだけで胸が苦しくなる暗い物語をずっと忘れられずに生きていた。

当時は意味さえ定かではなかったが「あの好色女が……」と、酔えば必ず恨み節を吐く父の記憶はいつだって「好色」という言葉こみである。

とにかく好色な女はやっかいなのだと、子供心に思わされた。

そんな北岡だからこそ、じつは美和もまた好色な女なのだとわかったときには、心中複雑なものがあった。

しかし、二人きりで乳くり合いに溺れると、別人のように乱れた姿を惜しげもなくさらし、興奮させてくれる美和は、やはり魔性の魅力を持っていた。

北岡は無理やりにでも、母である加寿子の記憶を脳裏からふり払って「美和とお袋は絶対に違う……」と信じて、彼女との恋を成就させようとした。

だが、そうした北岡の思いや夢は、あっさりと裏切られた。

鳶《とび》が油揚げをかっさらうかのように現れた恋のライバルは、曾祖父の代からつづくホテルや不動産業を幅ひろく営む、この地方では名士ともいえる資産家一族の跡取り息子だった。

——ごめんね、ヒデちゃん。あの人、とにかくエッチがすごくて……。

申し訳なさそうに言ってみせながらも、自らの美貌と魅力で手に入れた薔薇色の未来に笑いを隠せなかった美和に、北岡は完全に打ちのめされた。

そのときの彼の脳裏にまざまざと蘇ったのは、その昔、母の加寿子が夫の洋平にヒステリックに叫んだ言葉。

――なんだい、偉そうなことばっか言って。あんたに満足させてもらえたことなんか、私一度だってなかったよ。あの人はそうじゃない。私のココはね、あの人なしでは生きられないんだ。

母はそう言って夫をののしり、夫婦二人きりの深夜の部屋で、自分の股間を何度も指さして酒臭い吐息をまき散らした。

その言葉をたたきつけられたときの父の顔も、いまだに北岡は忘れていない。

「えっと……どこかで食ってっちまうか」

いやなことをあれこれと思い出してしまい、さらに気分がどんよりと重苦しさを増していた。

これからスーパーで買い物をし、料理を作るなどという気力は正直ない。

「よし、決めた」

学校から伸びる住宅街を抜け、駅へとつづく繁華街まで出ることにした。

適当なところでパパッと食べてからアパートに帰るとしよう――北岡は、気持ちを切り返るように深々と呼吸をし、夜のとばりの降りた住宅街を、少し足早に歩きはじめた。

「……うん？」

明るい繁華街を歩いていた北岡は、思わず足を止め、眉をひそめる。

一軒の店から、一人の少女が髪を乱して飛び出してきた。

桑沢高校の制服姿。地面を蹴る細い脚に、紺のハイソックスが吸いついている。

「あれは……」

北岡は眉をひそめた。

くりっと大きな瞳。不機嫌そうな表情。やわらかそうに波うつ美しい黒髪。

娘がすぐに、例の永沢由衣だとわかる。

片側の肩にバッグをかけた由衣はムッとした顔つきで唇を噛み、ストレートの髪をせわしなく波うたせた。

北岡が立ちつくす側とは逆方向へと、夜の雑踏を駆け去ろうとする。

（えっ）

すると、そんな由衣を追うように、二人連れの若い男たちが飛び出してくる。

見るからに、素行も頭も悪そうな若者たちだった。どちらの青年も、髪をまぶしいほどの金色に染めている。

二人はニヤニヤと下品な笑みを浮かべて見つめ合った。競い合うかのようにして、由衣を追って走り出す。

「おいおい……」

これは見て見ぬふりはできないと北岡は焦燥した。あわてて駆け出した彼は、由衣と若者たちが、例のゲームセンターから飛び出してきたことを知る。

ひょっとして、今夜も家には帰らずに、ずっとゲーセンで時間をつぶしていたのだろうか。そんな由衣を見つけた青年たちがちょっかいを出そうと声をかけ、しつこい彼らにうんざりした由衣が、逃げるように店をあとにしたというあたりが真相か。

「まったく……」

やれやれと思いながら、北岡は走る速度をあげた。

由衣が角を曲がって路地に入る。苦もなく彼女との距離をつめた二人連れも、逃すものかとばかりに、奇声をあげながら通りから消えた。

「はぁはぁはぁ」

そんな三人のあとを追い、由衣たちが消えた角まで来る。

わたわたと、足もとをもつれさせて角を曲がった。大通りに比べると、一気に人の数が少なくなる。少し先にはいかがわしいホテル街のネオンまであった。

「は、放してよ」

由衣と青年たちは、闇の中でもつれ合っていた。

男の一人に手首をつかまれた少女は渾身の力で身じろぎをし、手をふりほどこうともがいている。

「いいじゃん。ヒマなんだろ。ゲームなんかしてるより、もっと面白いことしようよって誘ってるだけじゃんよ」

「くっ。放してって言ってるでしょ」

「なんだよ、一人でつまんなそうにゲームしてたくせに。なあ、退屈してんだろ。すっげえ興奮できること――」

「うるさい。放せ。放せって言ってるの」

「あ、すみません。なんでもないんです。ちょっとダチ同士で喧嘩しちゃってて」

不審そうに通りすぎるカップルの二人連れに、青年の一人が愛想をふりまいて滑稽におどけた。

もう一人は、なにがあっても放すものかと力を入れ、少女の細い手首をつかんでいる。歯を剝き出しにしてニヤニヤと笑い、ぎらつくまなざしで由衣を見た。

由衣は必死に暴れるせいで、短いスカートの裾をヒラヒラとひるがえさせる。

今にもパンティさえ見えそうな危うさは、男たちにとってはかっこうの興奮材料だ。

下品な笑いをもらしつつ、チラチラとスカートの奥をのぞきこむような動きをする。

（ガキども……）

自校の女生徒に卑猥なちょっかいを出され、北岡は熱くなった。くれぐれもぶん殴ったりするなよ、おい、と心中で自分を制しながら三人に近づいた。

（……うん？）

そんな北岡のまなざしに、不意に飛びこんでくるものがある。

ふわりと髪がひるがえり、露になった白い首すじ。

スカートがまくれるせいで、大胆に露出してしまう細い太腿。

北岡はそこに、思わぬものを見つけて眉をひそめる。だが今は、それらにかまっている場合ではない。

「おい、なにをしている」

呼びかけた声には、意図せずどす黒い憤怒《ふんぬ》が混じった。

ギクッとしたらしい青年たちは由衣にちょっかいを出すのをやめ、あわててこちらに注意を向ける。

北岡は鞄に手をつっこみ、免許証を入れたケースを取り出した。

目と鼻の先だったらバレバレであろう。だがこの距離と闇の濃さならばれないだろうと判断し、ケースを開いて青年たちにかざす。

まるで警察官のように。

警察手帳タイプのケースにしておいてよかったと北岡は思う。

「っ……」

髪を乱して暴れていた由衣も、こわばった顔つきで北岡を見た。その目が思わず見開かれ「あっ……」というような表情に変わる。

北岡はサッと免許証をしまった。

「い、いや、あの……あはは。なんでもないんすよ。俺たち、ダチなんですけど」

ブラフは功を奏したらしい。笑ってごまかそうとする片割れは、ゴリラのような顔に愛想笑いを浮かべてぎくしゃくする。咲希の手首を放したほうの若者は、キツネさながらの細い目でこちらを見た。

「ダチ？」

三人に歩みよりながら、北岡はいやみっぽく聞く。

「ええ、そうなんす」

ゴリラはさらにニマニマとした。キツネ目の若者もしかたなさそうに笑みを作る。

「なんでもいい。とっとと散れ」

そんな二人を、北岡はヒラヒラと手をふって追い払うようなまねをした。

「えっ」

猿のような顔つきの若者が表情を変えた。キツネ目の青年も、顔から笑みを消して北岡を見る。

しかし北岡は、そんな連中を無視して由衣に語りかけた。

「きみ、この間、俺が補導した娘だね」

「…………」

由衣は無表情のままこちらを見つめる。

すかさず北岡はアイコンタクトをとった。瞬時に彼の意を汲んでくれたのか。由衣は返事のかわりのようにうなだれて、いっそう暗い顔つきになる。

二人の若者は目と目を見交わし「マジで警察か」とひるむ目つきになった。

北岡はそんな若者たちに、ダメ押しのように言う。

「なんなら話を聞かせてもらってもいいんだぞ、そこの交番で。うん、どうする」

2

「……ほんとに家まで来るつもり？」

冗談でしょという顔つきで由衣に聞かれた。並んで歩く制服姿の少女はこれ見よがしに眉をひそめ、迷惑そうに北岡を見る。

「そうでもしないと、またなにをやらかすかわからないじゃないか」

薄暗い街灯のともる住宅街の路地を歩きながら、苦笑いをして北岡は言った。

「乗りかけた船だ。今日は責任を持って親御さんのもとまで送り届ける」

「……刑事として？」

由衣はからかうように言うと、面白くもなさそうに北岡から視線をそらす。

「効果てきめんだったたな」

逃げるように消えた二人の若者を思い出し、北岡はつい笑顔になった。

「そろそろ更新なんだ。運転免許更新センターに行かないとな」

「………………」

そうやって、また会話がとだえた。

さっきからずっと、二言三言会話をしては、また黙ることのくり返し。

そもそも授業ぐらいしか接点はなく、その授業にしたところで、いつだって由衣はまともに受けたことなどない。

「しかし、意外に近かったんだな。永沢の家と先生のアパート」

北岡はそう言って、会話をつづけようとした。

「だから、悪いと思う必要はないぞ。決してたいした手間じゃないし」

「別に……悪いとか、ぜんぜん思ってないんですけど」

「あはは」

「…………」

由衣は相変わらずのブスッとした表情で通りを歩く。濡れたように艶めく美しい黒髪から、ふわりとシャンプーの香りがした。

沈黙がまたしても二人に降りる。北岡はチラッと少女を見た。

(……ほんとにいいのか、家になんか帰らせて)

並んで歩きながら、北岡はまた葛藤した。

家まで送るとはたしかに言った。聞けば水商売をしているという由衣の母親は、まだ店を開けている時間のようだ。

だが、内縁の夫だという男はいるかもしれない。しっかりと生徒を送りとどけると同時に、いったいどんな男なのか、少女はいったいどんな環境で暮らしているのか、さりげなく確認したかった。

だがそうは思いつつもしかしたら、確認するまでもないのではないかという気もしてならない。由衣を家に帰らせることは、みすみす彼女を危険な場所に戻すことになりはしないか……。

北岡の脳裏に、先ほど思いがけず目にした意外な光景が蘇った。

チンピラたちに手首をつかまれ、懸命に暴れる由衣の露になった首すじや、剝き出しになった太腿にそれはあった。

痛々しい、青く大きなあざ。

いったいなにをしたら、こんなものができるんだと驚いてしまうような印が、由衣の身体には刻まれている。

——家庭環境が、あんまりよくないらしくって。

心配そうに口にした咲希の言葉を北岡は思い出した。

——母親に内縁の夫がいて、年明けぐらいから、その人と三人で暮らすようになったらしいんですけど、どうも……。

なんとはなしに、いろいろなものごとがひとつにつながってしまう気もした。

だが、だからと言って確たる証拠があるわけではない。すべては北岡の推測の域を出なかった。

やはり、しっかりとたしかめたほうがいいのではないか。そんな気がした。

もしもあのあざがとんでもない理由によるものだとしたら、担任である咲希にもきちんと話をしたほうがいい。

(よし)

「永沢――」

「先生」

意を決し、由衣に問いただそうとした。すると同じタイミングで、由衣も北岡に声をかけてくる。ギクッとして、北岡は由衣を見た。

「あっ。えっと……聞いてもいい？」

由衣は、無表情のまま少し先の地面を見つめ、重い足取りで歩いている。

「な、なにを」

思わず北岡は由衣に聞いた。

「先生って……村井先生とつきあっているの？」

「えっ」

思いがけないことを問われ、北岡は絶句した。心の準備をなにもしていなかったせいで、不様なまでにパニックになる。

「……やっぱり、つきあってたんだ」

そんな北岡の表情をたしかめた由衣は、すぐに視線を戻して口もとをゆるめた。

（えっ）

北岡は息を呑む。

由衣の表情に浮かんだものは、笑みというほどのものではなかった。だが北岡は、はじめて笑顔に近い由衣の表情をまのあたりにする。

それは、思いがけない愛らしさだった。だが今は、そんなことに驚いている場合ではない。

「い、いや、つきあってなんかいないよ」

あわてて由衣に答えた。由衣はそんな北岡をジトッと見つめる。

「嘘ばっか」

「嘘じゃない」

俺はなにをむきになっているのだとうろたえたが、北岡はなおも強弁した。

正確に言うなら、明らかに嘘である。

だが教師同士の恋愛云々を生徒に知られることは、やはり教育上よろしくない。だから嘘も方便なのだと心の中で咲希に謝り、北岡は由衣に断言した。

「この間のことか。あのときは、ちょっと村井先生といろいろと打ち合わせがあって、だからいっしょに帰ったんだ」

「ふーん。打ち合わせね」

からかうような、小ばかにしたような、なんとも言えない表情で由衣は北岡を見た。

そんなふうにして口もとをゆるめる少女の仕草は、なんとも愛くるしい。

今まで知らずにきた永沢由衣という娘の思わぬ素顔を垣間見た気がして、北岡はちょっぴりくすぐったいような心地になった。

「だって村井先生、なんかいつもと雰囲気が違ったからさ」

「雰囲気？」

「なんて言うの……やけにオンナ、オンナしてるっていうか。目がちょっと、とろんとしてたっていうか」

「な、な、なにを言ってるんだ」

由衣にジト目で見つめられ、北岡は思わず返事につまる。

「動揺しなくたっていいじゃん」

「どど、ど、動揺なんかしていない」

「どど、動揺してるじゃん。どど、どどどって道路工事か」

「いや、だから……あっ――」

年端もいかない小娘にからかわれ、北岡は柄にもなく浮き足立った。自分でも不思議になるほど熱くなりながら、かさねて由衣に抗弁しようとする。

そのとたん、鞄の中で電話が鳴った。

由衣は鼻で笑うような顔つきになって、北岡のそばを離れる。先に立ってヒラヒラと、スカートの裾をひるがえして夜道を歩いた。

(うん？)

もしかしたら咲希だろうかと思いながらスマホを取り出す。だが画面に表示されていたのは、知らない電話番号だった。

北岡は、一人で歩いていく少女を気にしつつ、急いで電話に出た。

「もしもし」

――――。

「……もしもし」

――ヒデちゃん？

おそるおそるという感じの声は、女だった。

「……えっ」

とくんと心臓が拍動する。まさかと思ったその瞬間、無数の小蟲《こむし》がさわさわと、足もとから這いあがってくるような感覚をおぼえる。

――ヒデちゃん……私です。

北岡のことを「ヒデちゃん」と呼ぶ女性は、記憶にある限り一人しかいない。

――美和です。瀬崎美和。ヒデちゃん、ごめんね。助けてほしいの。

すがるように言うその声には、たしかに聞きおぼえがあった。

「美和……」

五年前、北岡を裏切って離れた女が、電話の向こうに現れた。

3

「いきなりごめんね。驚いたでしょ」

まさかこの部屋に、もう一度この女がやってくる日がこようとは、夢にも思わなかった。キッチンの流しに立ってお茶の用意をしながら、北岡は複雑な気分になる。

「いや……」

あいまいにそう言うしかすべはなかった。もっとはっきり言うならば、いやな予感にかられてもいる。

昭和の時代に建てられた、築四十年にもなる二階建ておんぼろアパート。戸数も少ない建物の、錆だらけの鉄階段からもっとも離れた最奥の場所に、北岡の部屋はあった。

四畳半ほどのひろさのキッチンに、六畳ほどの部屋がひとつあるだけのわびしいひとり暮らし。

トイレと風呂は別々だが、年号が令和に変わったこのご時世に、トイレなど、洗い場の床も浴槽も昔懐かしいタイル張りというレトロぶりである。

(いったい、なんの用だ)

ヤカンで湯を沸かし、コーヒーでも用意しようとしていた。そんな作業をつづけながら、北岡はチラッと、背後にたたずむ美和を見る。

五年ぶりに再会したかつての恋人は、あのころより痩せて見えた。

だが、男なら思わずふり向かずにはいられないクールな美貌には、あのころ以上に磨きがかかっている。

相変わらず、すらりと鼻すじが通っていた。アーモンドの形をした美麗な瞳を、長い睫毛《まつげ》が色っぽく彩っている。

肉厚の朱唇は、相変わらずぽってりと官能的な生々しさをたたえていた。

半開きになった下唇が艶めかしくめくれ、夢中になってその唇にふるいついた往時のせつない思い出に、北岡は居心地の悪さをおぼえる。

卵形をした色白の小顔を、艶めかしいウエーブを描く栗色の髪が上品に彩っている。明るい髪は肩胛骨のあたりで、波うつ毛先を躍らせた。

身につけているのは、いかにも金持ちの若夫人然とした高価そうな装いだ。

エレガントなレースがアクセントになったグレーのワンピースに、アイボリーのジャケット。丈の長いワンピースは、ふくらはぎの半分ぐらいまで、美しい脚を隠している。

——頼みたいことがあるの。今さらこんなことお願いできる筋合いじゃないってことはわかってるんだけど。

先ほど電話口で、美和はそう声をふるわせた。聞けばすでに、北岡のアパートの前まで来ているという。

訪ねたものの不在だったため、電話をかけたらしい。その口調はいつになくとり乱しぎみで、明らかに非常事態であることを感じさせた。

北岡は「ちょっと急用ができた」とお茶を濁し、うしろ髪を引かれる思いはありながらも由衣と別れた。

由衣は、むしろ好都合だと言わんばかりの表情になり「じゃあね」と髪を躍らせて夜の住宅街に消えていった。

「ヒ、ヒデちゃん」

「おわわっ」

沸騰したヤカンを止めながら、遠ざかっていく少女をぼんやりと脳裏に蘇らせていた。居心地悪げに立ちつくしていた美和が、いきなり背後から熱く抱きついてくる。

「美和……」

「ヒデちゃん、助けて。こんなこと頼めるの、ほんとにヒデちゃんしかいないの」

切迫した声は、いささかうわずっていた。美和は北岡の二の腕をつかみ、くるりと自分のほうを向かせる。

「お、お金」

「えっ」

「お金、いくらか用立ててもらえないかしら」

「金……」

柳眉を八の字にたわめ、すがるようなまなざしで見つめてくる。

なるほど。用件は金だったかとようやく得心しつつも、資産家に嫁いだ美和がどうして金に困っているのかがわからない。

「金って……どれぐらいだよ」

心配になって、北岡は聞いた。すると美和は、言いにくそうにモジモジと身じろぎしながらも、

「ご……五百万」

北岡の目の奥をのぞきこむような顔つきで、申し訳なさそうに金額を口にする。

「五百万……」

想像していた額より、いささか多かった。

だが、北岡を頼ればそれぐらいならなんとかなるかもと美和が期待をしたとしても、あながち的はずれではない。

たしかにそれぐらいの金なら貯金はあった。美和と結婚しようと必死になって貯めた金に加え、それから五年分の蓄積もある。

浪費癖もなく、これと言った趣味も持たずに貯金をつづけるつまらぬ男であることは、二年もつきあった美和ならよく知っている。

もっとも、虎の子のそんな金を貸したら、北岡はほとんど丸裸も同然になってしまうのだが……。

「お願い。今さらこんなこと頼めないってわかってるけど、夫には相談できないの」

黙したままの北岡に焦れたように、彼の二の腕を揺さぶって美和は言った。

「なにがあったんだ」

五年ぶりに会ったばかりだというのに、この急展開である。

さすがについていけなかった。もともと身勝手でマイペースな女ではあったけれど、あのころよりさらにひどくなっている気がする。

「だまされたの。ヒデちゃん、どうしよう。私、だまされちゃった」

北岡の二の腕を包むようにつかみ、美和はオロオロと今にも泣きそうな顔つきになった。眉根に皺をよせ、見つめる瞳にウルウルと一気に涙があふれ出す。

「だ、だまされた？」

「浮気しちゃったの、私」

「えっ」

思いがけない告白に、北岡は目を剝いて絶句した。

「浮気しちゃったの。だってあの人、もう私のことなんか、ぜんぜん相手にしてくれなくて。よそに女を作っているの。私、知ってるの」

「み、美和」

告白することで、ますます気持ちが昂り出したようである。

美しい瞳から涙のしずくをあふれさせた。鼻をすすり、嗚咽さえして、かつてのオンナは苦しい胸の内を北岡に吐露する。

「私、寂しくて。寂しくて、寂しくて、誰かにすがらなくっちゃ生きていけなかったの。アプリを使って……あるでしょ、そういう、男と女が出会えるアプリ」

「あ、ああ……」

「それで、一人の男と知り合って……そうしたら私、その人なしにはもう生きていけなくなっちゃって……」

(うっ……)

――私のココはね、あの人なしでは生きられないんだ。

そう言って父をののしった、憎悪にゆがんだ母の醜い顔が、またしても北岡の脳裏に去来する。

「でも、そいつ……すごい悪党だったの」

「悪党……」

「私、絶対人に見られちゃいけないような姿、そいつに盗み撮りされて……」

「ええっ」

「五百万。五百万なの、ヒデちゃん。それがあいつの条件なの。五百万あれば、私、これからも今の暮らしができる。今さらあの家を追い出されたって、どうやって生きたらいいのかわからない。わからないよう」

「あっ」

美和はいきなり、北岡の前に膝立ちになった。驚く彼に有無を言わせず、スラックスのボタンをはずし、一気にファスナーも下まで剝く。

「お、おい」

「ただでとは言わない。ねえ、私、今でも魅力あるかな。あのころヒデちゃん、私のことすごく愛してくれて……だから私もうれしくて、ヒデちゃんにいっぱいサービスして……」

「待てよ。待てって」

北岡はあわてた。

しかし美和は、もはやなにかに憑かれたようになってしまっている。

あらがう北岡の手を払い、ぜがひでもスラックスを脱がそうとした。いったいこれはなんという展開だと啞然としながら、北岡は必死になってスラックスを彼女の好きにさせまいとする。

「ヒデちゃん、今でも一人で暮らしてるってことは、彼女いないのよね」

「美和……」

おそらくずっと室内を観察しつづけていたのだろう。

このところ、咲希がよく訪れるようにはなったものの、たしかに今のところ寝泊まりしていくようなことにはなっていないため、彼女の痕跡はどこにもない。

「ね。だったらしてあげる。あのころみたいに、してあげる。たまってるんじゃないの。ヒデちゃん、私におち×ぽ舐められるの、とっても好きだったわよね」

「うわあ……」

……ズルッ。ズルズルズルッ。

とうとう北岡は下着ごと、美和にスラックスをずり下ろされた。

露になった陰茎は、これっぽっちも発情などしていない。しなびた明太子さながらに、ブランブランと重たげに揺れる。

「美和、待ってくれ。俺——」

「お願い。お願いよ、ヒデちゃん。私のオマ×コも、ヒデちゃん好きだったじゃない。気持ちいい、美和のオマ×コ気持ちいいって、子供みたいに喜んでくれたじゃない」

「うわあ」

いやがる北岡の抵抗など、ものの数ではないようだ。

美和はその目を涙に濡らしたまま、前へうしろへ、右へ左へとブラブラ揺れるしなびた男根を白魚の指にそっとにぎる。

「み、美和、ちょ——」

「アァン。ヒデちゃんのち×ぽ、懐かしい……懐かしいわ」

「うわあ」

ローズピンクのヌメヌメした舌が、美和の朱唇から飛び出した。クネクネとくねる長い舌が、問答無用の生々しさで北岡の亀頭をねろんとひと舐めする。

そのとたん、甘酸っぱさいっぱいの電撃がひらめいた。発情していないペニスでもこんなに感じるものなのかと、間抜けな驚きすら北岡はおぼえる。

「美和、やめろって……」

「あぁん、ヒデちゃん……ごめんね。怒ってるわよね。でも……こんなこと頼めるの、やっぱり私、ヒデちゃんしかいなくって。んっんっ……」

……ピチャピチャ。れろれろ、ピチャ。

「うわあ、美和、おおお……」

根っからスケベな女だった。

近よりがたい、高貴な美貌を持っているくせに、卑猥でケダモノじみた行為への執着ぶりは、見た目とは裏腹などん欲さだ。

そんな美和の本性は、あのころと変わっていないようである。

北岡にサービスしたいという気持ちは嘘ではないだろう。だがうがった見方をするならば、美和自身もまたいろいろとあって、欲求不満を持てあましている気もする。

4

「ああ、ち×ぽ……ち×ぽ……あァン、ゾクゾクしちゃう。んっ……」

「うわっ。うわわ。美和、ああ、そんな……」

ペロペロと、飴でも舐めるかのようなあやしかたで、美和は亀頭に夢中になってざらつく舌を擦りつけた。

やはり上手なのだ、この女は。根っからスケベでどん欲なぶん、男を腑抜けにする淫戯にも驚くほど長《た》けている。

北岡への愛情こそあるだろうものの、性のテクニック的にはいかにも女教師らしい堅さを持つ咲希とは、やはりなにもかもが違っていた。

そうだ、こういう女だった。そして俺は、こういう女がきらいではないと、北岡は暗澹《あんたん》たる思いで思う。

これが遺伝子なのだろうか。忌避する実母の好色の血は、自分の中にも流れているのだと、いつでも思うことを今日もまた北岡はぼんやりと思う。

「はぁアン、んっんっ……ち×ぽ、勃起してきた……はぁはぁ……勃起してきたわ、ヒデちゃん……いやン、相変わらずち×ぽ、でっかい……んっんっ……」

「うお、おおお……ああ、美和……あああ……」

巧みなしゃぶりかたで過敏な亀頭を、うずく肉傘の縁を、裏スジを、チロチロ、チロチロと舐められた。

興奮している場合ではないぞ、こいつは俺を捨てて逃げた女だと自分を律したい思いはある。

だがはっきり言って、そんな北岡のかたくなな気持ちを苦もなく凌駕するいやらしさだった。テクニックだった。

とまどう意志とは裏腹に、ペニスがムクムクと天を向いて反り返っていく。

ヤリたい。

この女ととことんヤリたいという焦げつくような灼熱感が、身体の内から火の手をあげ、野焼きのように北岡の理性を紅蓮《ぐれん》の劫火《ごうか》で一面の焼け野に変えていく。

「あぁン。ち×ぽ、勃った。ち×ぽ、勃ったわ。ああ、こんなに勃起して。はぁはぁ……ヒデちゃん、見て。見て見て、見て」

情けないことに、北岡の肉棒は早くもビンビンになった。

気だるげな様子でだらしなく垂れていた陰嚢も、キュッと締まって胡桃《くるみ》のようなパンパンに張りつめた眺めに変わる。

そんな北岡の性器の変化に、勇気づけられたとでも言うかのようだった。

もうこんなもの用はないわねとばかりに、北岡のスラックスと下着を彼から完全に強奪する。キッチンの床から立つと、奥の洋室へと美和は小走りに駆けた。

シングルベッドを片側に置き、反対側には液晶テレビが配されたサイドボードや、書棚があるぐらいの閑散とした部屋だった。床に敷かれたカーペットには、歴代の住人たちの生活の名残がそここにあとをとどめている。

「み、美和……」

「はぁはぁ。はぁはぁはぁ」

ベッドのかたわらまで移動するや、美和は着ているものを脱ぎ出した。

目玉が飛び出るほど高そうなジャケットを、ワンピースをむしりとるように、スタイルのいい女体から剝いでいく。

（ああ……）

北岡はつい、甘酸っぱく胸を締めつけられた。

先日咲希とセックスをしたばかりの部屋に、かつての恋人が艶めかしい下着姿を開帳していく。

ワインカラーのブラジャーに、同色のパンティという官能的な下着姿。

ブラにもパンティにも三十代のエロチックさをきわだたせるレースの縁取りがほどこされ、布面積はとまどうほど少ししかない。

しかも美和は、そんなブラジャーとパンティさえ、すぐさま自分の熟れた女体から引きちぎった。あっという間に全裸になり、ベッドの上に移動する。

「おおお、美和……」

懐かしい美和の裸身に、意外なほど激しく情欲をあぶられた。

とっくに未練などないはずなのに、いきなり露になったかつての恋人のセクシーな裸に、たまらず息づまる心地になる。

抜けるように色の白い、恵まれた肌を持つ女だった。惚れぼれするほどのスタイルのよさは五年前と比べても、ちっとも見劣りしていない。

すらりと長く形のいい手足は、相変わらずのスレンダーぶり。とりわけ余分な肉のない脚の美しさは、悔しいけれど北岡の目を今でもしっかりと釘づけにさせる。

出るところが出て引っこむところが引っこんだナイスバディは、モデル顔負けの肉体美だ。

乳房は八十センチほどの大きさで、形のよさは人並みはずれ、伏せたお椀のようなまんまるなふくらみかたで北岡の欲望を刺激する。

「ううっ、美和……」

Eカップほどの美しいおっぱいがたっぷたっぷと房を揺らし、上へ下へと存在感抜群の乳首を躍らせた。

ほどよい大きさの円を描く乳輪は、たっぷりとミルクを入れたコーヒーさながらの温かみのある色合い。

その中央にガチンガチンにしこり勃つ大ぶりな乳首は、それよりさらに深い色をし、熟女の卑猥な劣情を物語るかのような張りつめ具合を見せている。

しかも美和は、そんなエロチックな女体のパーツより、さらに鮮烈で恥ずかしい部分までかつての恋人にアピールした。

「はぁはぁ。ヒデちゃん、見て。見て、オマ×コ。あのころヒデちゃんがいっぱい愛してくれた、美和のいやらしいヌチョヌチョのオマ×コ」

訴えるようなその声は、魔性の色香で誘ってもいた。

ベッドに座った美和は、背後の壁に背中を押しつける。両脚を大胆なM字にひろげた。うっとりするほど長い美脚が「く」の字のラインを描きつつ、右と左にガバッと別れる。

秘丘に茂みはまったくなかった。相変わらず剃っているのだなと北岡は思う。

彼の恋人であったころも、いつでも美和はつるっつるにヴィーナスの丘を剃りあげていた。

そして――。

「うおおっ、美和……」

「ハアァアン、ヒデちゃん、見て。いっぱい見てぇぇ。はあぁぁ……」

美和は惜しげもない大胆さで、股のつけ根の肉湿地を見せつける。

しかも、ただ さらすだけではない。白く細い指を左右から伸ばし、小陰唇のビラビラに押しつけるや、くぱっとピンクの粘膜を菱形にひろげて露出する。

「おおお……」

誘蛾灯に吸いよせられる羽虫にでもなった気分だった。

美和につづいてフラフラと奥の部屋に足を踏み入れる。M字開脚で女陰をさらす好色な女のそばに、理性を麻痺させて近づいた。

（ああ、エ、エロい）

至近距離で、美和の淫肉を凝視する。みるみる息苦しい気分が高まり、たまらずぐびっと唾を飲んだ。

持ち主自身によってひろげられた牝肉は、あまりにも大胆に開くせいで横長の菱形にひしゃげている。

ねっとりと濡れたいやらしい粘膜はローズピンクの色合いをし、見るだけで男を獣にさせる艶めかしい凹凸を見せつけた。

とりわけ北岡を息づまる心地にさせるのは、子宮へとつづく牝穴のあえぐかのようなひくつきぶりだ。緊張と弛緩をくり返す肉穴は、いっときも休むことなくヒクヒクと開いたり閉じたりし、言うに言えない女の欲望を言葉ではなく蠢き具合で鮮烈なまでにアピールする。

しかも——。

「ハアァァン、ヒデちゃん……」

……ブチュ。ニヂュチュ。

「うおお、美和……」

蠕動する膣穴は波うつように蠢くたび、早くもドロドロとした艶めかしい汁を涎させながらにあふれさせた。

分泌された愛液はまさに蜜のように濃厚で、よく熟れた旬の果実を彷彿とさせる甘酸っぱい媚香をまき散らす。

「くぅぅ、美和……」

情けないにもほどがあったが、股間のペニスをビクビクと鹿威《ししおど》しのようにしならせた。唾液にまみれた鈴口がさらにぶわりとひとまわりほど大きくなる。どす黒い棹にピキピキと、青だの赤だのの血管がグロテスクなまでに浮きあがる。

「あァン、ヒデちゃん……挿れて。ねえ、挿れてえぇぇ」

美和はくなくなと、堪《こら》えかねた様子で身をくねらせた。ぬめる秘割れを見せつけながら、さらに卑猥なおねだりをする。

哀訴する持ち主に同調したかのように、ひくつく恥溝がブチュブチュとさらなるよがり蜜をとろみたっぷりに搾り出す。

「くうぅ、美和……」

興奮のあまり、全身にゾクリと鳥肌が立った。視線をそらすこともできず、ローズピンクの粘膜湿地を熱烈な視線でガン見する。

「あァン、挿れてってば。我慢できない……我慢できないのおぉ」

「うおお。み、美和……美和っ」

「きゃあああ」

腹を空《す》かせた獰猛《どうもう》な肉食獣さながらだった。荒々しさあふれる動作で、上着もすべて脱ぎ捨てる。カーペットの床をダッと蹴った。むしゃぶりつくような勢いで、ベッドで大股開きになる全裸の熟女を押したおす。

「あぁん、ヒデちゃん、ハアァァ……」

ベッドに、強引に仰臥させた。覆いかぶさる体勢になる。屹立する怒張を手にとるや、角度を変えて鈴口でぬめるビラビラを左右に開いた。

「おお、美和……美和ああっ」

――ヌプヌプヌプッ!

「アッハアァァン」

「うおっ、うおおおっ……」

——ヌプッ。ヌプヌプッ。ヌプヌプヌプッ！

「あああ。はぁァン、ヒデちゃん、ヒデちゃぁあん、あっあああぁぁ」

五年ぶりに再会してから、まだ一時間も経《た》っていなかった。それでも気づけば北岡は、かつての恋人のヌメヌメの女陰に猛る勃起をねじりこんでいる。

(ああ、これは)

北岡は慄然とし、またしても、しびれるような思いにかられた。

灼熱の牡塊を受け入れたぬめり肉は、すでにいやらしくとろけきっている。たとえるならば熟れに熟れ、ジュクジュクになった甘柿の果肉にでもペニスを突きたてているかのよう。

そのうえこの熟れ柿は、ほどよく艶めかしいぬるみにも富んでいる。得も言われぬ温かさと、ドロドロとした感触に恍惚とした。しかも妖艶なこの肉沼は、潜りこんだ極太を放すものかと歓喜でもするかのように、波うつ動きで蠢動《しゅんどう》しては北岡の肉棒を根元から亀頭の先まで甘酸っぱさいっぱいに絞りこむ。

5

「くうぅ、美和……」

「あぁン、ヒデちゃん、か、硬い……おち×ぽ、やっぱり、ヒデちゃん、硬いンン」

「おおお。美和、美和ああっ」

……バツン、バツン。

「あっあっあっ。ヒイィン、ヒデちゃん、動いて。いっぱい動いて。ハアァァァ」

北岡は美和の裸身に完全に覆いかぶさった。

荒くなる鼻息をどうにもできずに乱したまま、両手でかつての恋人をかき抱き、最初からフルスロットルでうずく男根を抜き差しする。

美和の裸身はじっとりと、淫靡な湿りに満ちていた。高湿度の肌が吸いついて、北岡の肌から剝がれるたびに、バフッ、バフッと音を立てる。

「はっあああぁん。ああ、おち×ぽ気持ちいい。おち×ぽ、いいの。あああぁぁ」

「はぁはぁはぁ。み、美和、おまえって女は……」

「ハッヒイイィン」

ガツガツと腰をしゃくって肉の泥濘《ぬかるみ》を掘削した。

肥大したカリ首の鋭敏な縁が、粘液をまつわりつかせた微細な膣ヒダと窮屈に擦れ合う。そのたび耽美で強いしびれが、火を噴く強さでバチバチとはじけた。不埒《ふらち》な快感が、ますますうしろめたいひりつきを増す。もう一度、またもう一度と執拗に、ぬめる凹凸にカリ首を擦りつけ、ひと擦りごとにエスカレートさせる。

「あっあぁぁん。うああああ。ああン、ヒデちゃん、ち×ぽ、気持ちいい。ヒデちゃんのち×ぽ、気持ちいいの」

「くぅう、美和……」

「あああアァン」

おもねるように吸いついてくる肉の熟柿にいちだんと、興奮とトランスが増した。北岡はいっそう雄々しい腰ふりで肉スリコギを暴れさせる。両手でわっしとおっぱいをせりあげ、心の趣くままに揉みこねるばかりか、いやらしく勃起したミルクコーヒー色の乳首に、はぷんと性急にむしゃぶりつく。

「ハヒイン。ヒデちゃん、吸って。美和のおっぱい、いっぱい吸ってえぇぇ」

「う、うるさい。誰がおまえの言うとおりになんか。んっ……」

……カジカジ。

「ンッヒイイィ」

もにゅもにゅと、ねちっこい揉みしだきかたで美乳をまさぐりつつ、しこりにしこった乳首を甘嚙みし、下品な刺激を乳房に注いだ。

「ヒィイン。ヒデちゃん、あぁん、ヒデちゃんンゥゥゥ」

……カジカジカジ。

「あああぁ、し、しびれちゃうウゥゥ」

……カジカジカジ。カジカジカジカジ。

「ハッアァァンン。あひぃ、あひいぃ。ンッヒヒヒイイィ」

乳を揉みこむ手つきはもちろん、乳首の根元を甘嚙みする歯にも、思わずまがまがしいサディズムがにじむ。

そうだった。この女はこんなふうに乱れるのだ。

感じる部分を少し乱暴なぐらいに指で、口で、男根で責めなぶってやればやるほど、淫乱な本性を露にし、決して人には見せられない顔で誰はばかることなく女の悦びを謳歌する。

そして北岡は、こんなふうに品のない、この女のよがりぶりがどうしようもなく好きだった。

「はぁはぁ……気持ちいいか、美和。オマ×コ、気持ちいいか」

気持ちいいのは、北岡もまた同じだった。

自分を捨てた女なのに。

こんなことをしたらまた情が湧き、すげなくすることなどできなくなるとわかっているのに。

「あァン。ヒデちゃん、き、気持ちいい。オマ×コ、気持ちいいの。ヒデちゃんのち×ぽにかきまわされて、オマ×コジンジンうずいちゃうンンン」

ベッドのスプリングをギシギシときしませ、美和はあられもない声をあげた。

色白のきめ細やかな美肌が昂揚し、湯あがりのような薄桃色に上気している。肌からにじむ汗の微粒はますますじゅわんとした粘りを増し、北岡の素肌と擦れては、ニチャニチャ、ニチャニチャと、艶めかしい粘着音を大きくする。

「ううっ。美和、マ×コ、気持ちいいんだな」

なおもカジカジと乳首を甘嚙みし、痛いぐらいにおっぱいを揉みしだきながら北岡は聞いた。

「はっあぁぁん。気持ちいい。ヒデちゃん、私、マ×コ気持ちいいのおおぉ」

「自分も気持ちいいくせに、五百万も借りようっていうのか」

「ああ、そんなこと言わないで。ヒデちゃんは気持ちよくないの？　お願い、いじわる言わないで。ああ、もっとして。ち×ぽ、いっぱい動かしてえええぇ」

「くうぅ。だめだ。もう、出ちまう……」

「きゃひ」

——パンパンパン！　パンパンパンパンパン！

「ひっはあああ。あぁん、は、激しいの。ヒデちゃんのち×ぽが出たり入ったり……出たり入ったりンッヒヒヒィィ」

とうとう北岡のピストンは、ラストスパートへと移行した。

怒濤の勢いで腰をふり、波うつ膣の凹凸をドSなカリ首で搔きむしっては、最奥の子宮をズンズンと亀頭の杵で突きたおす。

「あああああ。うおう。うおおおおう。ああ、奥、奥にもきてるンン。ンッヒヒヒィ、ポルチオ気持ちいい。ヒデちゃん、私、ポルチオ気持ちいいンンン。おおおおう」

「はぁはぁはぁ。美和、美和、はぁはぁはぁ」

いよいよ美和の朱唇からは「おおおう」という身も蓋もない声があがりはじめた。

日ごろのつんととりすました、お上品な彼女はどこへやら。

おとなしくしていれば二度見確実の高貴な美貌を惜しげもなくゆがませ、あんぐりと口を大きく開ける。

さらされた口腔粘膜《こうくうねんまく》の園は、もうひとつの女陰にも見えた。しかしこちらの女陰には奥に子宮はなく、パンチングボールのような喉チンコがブラブラと揺れている。

(ああ、もう出る)

どんなに肛門をすぼめても、爆発衝動はいかんともしがたかった。

粟粒さながらの鳥肌がくり返し背すじを駆けあがる。短時間にもかかわらず、一気に煮こんだドロドロの生殖汁が、うなりをあげて陰茎の芯を濁流のようにせりあがる。

「おおおう。おおおおう。ち×ぽ、いいの。ち×ぽ、いい。うおおうおうおう」

「おお。美和、イク……」

「おおおおお。おっおおおおおおおおっ!!」

――どぴゅっ、どぴゅっ! びゅるる、どぴどぴっ!

雷につらぬかれたような衝撃が、バリバリと北岡の裸身を焼いた。

三回、四回、五回――臨界点を突き抜けた牡棹が、音さえ立てそうな勢いで雄々しく何度も脈動する。

そのたび亀頭がいやらしく、膨張と収縮をくり返した。ひくつく尿口からぴゅーぴゅーと、とろけた糊さながらの濃厚精液が連射される。

激しい勢いで噴出するザーメンが、ビチャリ、ビチャリと子宮をたたいた。

「ヒィン。ッヒイィィン」

そんなオマケのような快感にもよけいに裸身をふるわせて、美和はアクメの悦びに白目を剝いて耽溺する。

「はうう……ヒ、ヒデ、ちゃん……」

「くうぅ、美和……」

真っ赤に火照った美貌にまで、汗の微粒がにじみ出した。これでもかとばかりに開いた口からは、今にも舌すら飛び出してきそうである。

「ああン、いっぱい……いっぱい、入ってきてる……ンハッ、ハァァン……ヒデちゃんの、いやらしい……ち×ぽ汁……」

「はぁはぁ……み、美和」

――ガタン。

（えっ）

吐精の悦びに恍惚とし、腑抜けになっていたところであった。突然キッチンのほうで、思いがけない音がした。

北岡は身をすくめた。あわてて背後をふり返る。

「あっ……」

思わず息を呑んだ。冗談だろうと、目の前の現実に愕然とする。

咲希がいた。

私物のバッグとスーパーのものらしきレジ袋を、身体の両側に落としている。

「うう……」

「さ、咲希……」

咲希は両手で口を覆っていた。目を見開き、わなわなと身体をふるわせる。

(最悪だ)

北岡は天を仰ぎたくなった。すかさず美和の媚肉から、ちゅぽんと陰茎を抜く。

「あぁぁん……」

美和のあえぎは、この状況とはあまりにそぐわなかった。

まだなお強烈な余韻のただ中にいるらしき美和は、ドロリと濁って焦点の定まらない目で、ぼんやりと咲希を見た。

第三章　眠れる美少女

1

咲希の表情は重苦しかった。

ぽってりとした朱唇を嚙み、眼鏡の奥で瞼《まぶた》を泣き腫らしている。

ファミリーレストランのテーブルに二人きりで向かい合っていた。アパートからしばらく歩いたところにある、なじみのファミレスだ。

顔見知りのパートスタッフの視線も痛ければ、ほかの客たちの好奇を剝き出しにした表情も痛かった。

まさか生徒たちの父兄はいないだろうなと、落ちつかない心地になる。もうずいぶん遅い時間なため、店内の客がまばらなことが唯一の救いだ。

「ほ、ほんとに……すまない……」

すすり泣く咲希に恐縮し、北岡は小さくなったまま頭を下げた。

さっきから、もう何度謝ったか自分でもわからない。

だが、咲希が受けたであろうショックと悲しみを思えば、こちらはひたすら謝罪をくり返すしかなかった。

とにもかくにも美和を追い返し、一時間ほど前に、咲希と二人で入店した。

まぐわっていた女はかつての恋人であることも正直に話した。

ただ、借金の懇願をされたことだけは話していない。

今の亭主と喧嘩をし、ストレスがたまっていたらしい美和に感情が高じて求められ、拒みきれずにズルズルと身体の関係を久しぶりに持ってしまったと説明した。

もちろん美和とのセックスは、今回一度きりだとも誓った。

「正直……とてもショックでした……」

鼻をすすり、こぼれる涙を堪えるように天を仰いで、ふるえる声で咲希は言う。

二人分のドリンクバーを注文していた。北岡が持ってきた彼女の分のコーヒーは、まったく口がつけられていない。

「北岡先生が、こんなにだらしない人だったなんて」

「すまない」

返す言葉など、どこをどう探したってあるはずもなかった。北岡は眉間に皺をよせ、またもぺこりと頭を下げる。

これで嫌われてしまうなら、それはそれでケガの功名かもしれないなどともふと思った。

咲希に愛想づかしがされたくて、美和とあんなまねをしたわけではなかったが。

「ほんとは……」

今にもくしゃっとゆがんでしまいそうな顔つきだった。咲希は懸命に、昂りそうな感情を抑えつけ、声を押し殺して北岡に言う。

「ほんとは先生のこと、思いきり引っぱたいてすべてを終わりにしたいです」

「咲希……」

「でも」

咲希はバッグから財布を取り出した。テーブルに置かれた伝票を見ながら、数枚の硬貨を取り出して言う。

「こんな……こんなひどいことされても……先生のこと、嫌いになれません」

「えっ」

「苦しいです……苦しい」

「あっ。さ、咲希……」

最後の言葉はこちらの胸まで重くなる、真に迫ったものだった。

咲希はバッグを持って立ちあがると、これ以上は堪えられないとばかりに北岡の前から小走りに去る。

「ふう……」

開放的な窓ガラスごしに外を見た。

咲希は店の前の暗い街路を自転車を押して駆けていく。その顔は、とうとうくしゃくしゃになっていた。

「最低だな、俺……」

どんよりと、打ちのめされた気分だった。

——こんなひどいことされても、先生のこと、嫌いになれません。

そう言った咲希の言葉が、何度も鼓膜にリプレイされる。

「いっそ、嫌いになってくれたらよかったのに……って、やっぱ最低だわ、俺」

自虐のつぶやきも、ただただむなしいだけだった。

北岡は天を仰いでため息をもらし、冷たくなったコーヒーを喉の奥にグイッと流しこんだ。

「……えっ」

重い足取りで、アパートへと戻る道すがら。

住宅街の中にある公園の前を通過しようとした北岡は、暗い園内に目をやり、思わず足を止めた。

ブランコやジャングルジム、砂場など、ささやかな遊具や遊び場しかない小さな公園。いくつかの公園灯がか細い明かりを落とすなか、ブランコにひとつの人影がある。

「まさか……」

北岡は自分の目を疑った。

二つあるブランコの踏板のひとつにぽつんといるのは——。

「永沢……」

眉をひそめ、必死に目を凝らしてブランコに座る少女を見る。

間違いない。永沢由衣ではないか。

由衣はステンレスのチェーンを両手でつかみ、力なくうなだれて目の前の地面を見つめている。

その装いは、数時間前に別れたときの学園の制服のままだ。

ひょっとして家に帰らなかったのか。ずっと戸外をうろうろしつづけていたというのか。しかし、もう若い女の子が平気で出歩いていてよい時間ではない。

北岡は公園の入口から園内に入った。

しかし、由衣は気づかない。

土を踏みしめ、奥のほうにあるブランコへ向かった。

ようやく物音に気づいたのか。由衣はハッとした表情で顔をあげ、こちらを見た。

（えっ）

北岡はギクッとなる。

それはやはり、由衣だった。公園灯の白い明かりに照らされた顔が、思いのほか鮮烈に北岡の視線に飛びこんでくる。

（えっ。えっ。な、永沢、あっ……）

入ってきたのが北岡だとわかったのであろう。由衣は意外そうに目を見開くや、はじかれたようにブランコの踏板から立ちあがる。

「お、おい」

虚をつかれた。いきなり由衣が逃げようとしたのである。

北岡が入ってきたのとは反対側の対角線上に、もうひとつ出入口がある。由衣がめざそうとしているのは、その出入口のようだ。

「永沢、おい、永沢」

北岡はそんな由衣を追い、あわてて駆け出した。痩せっぽっちの少女は北岡の声にも耳を貸さず、公園から街路に飛び出そうとする。

「待てって。おい」

なんとか由衣をつかまえられた。少女がもうちょっとで公園の出入口を抜けようというあたりで、なんとかつかまえる。

小さく華奢な肩に手をかけ、ふり向かせようとした。しかし、由衣は応じない。北岡から顔をそむけ、ぜがひでも彼の拘束から逃れようとする。

「永沢……」

「放して。放してよ」

「落ちつきなさい。ちょっと、顔を見せなさい」

「放してって言ってるでしょ。放してよ。放せっ」

「永沢……」

渾身の力で由衣は暴れた。しかし、北岡は許さない。獰猛な力がみなぎった。あらがう少女に有無を言わせず、強引にこちらに向き直させる。

（あっ）

「ひうう……」

また一瞬だけ、由衣の小顔が露になった。しかし少女は髪を乱して顔をそむけ、なんとしてでも北岡に見られまいとする。

だがそんなことをしても、もう遅いのだ。

やはり見間違いではなかったと、北岡は暗澹たる思いになる。

由衣は顔をそむけたまま、乱れた息をととのえた。

少女が落ちつくのを待つことにする。両手で由衣の二の腕を拘束したまま、時が経つのをじっと待つ。

「永沢……」

「い、いや……」

そろそろ大丈夫かもしれないと思ったのは、由衣の呼吸がやっとのことで正常に戻りはじめたころだった。

少女の小顔に指を伸ばし、小さなあごをそっとつかむ。

「いやだ……」

「いいから、見せなさい」

いやがる由衣にそっとささやき、ゆっくりと顔を向けさせた。少女は拒もうとしたものの、しかたなさそうにこちらを向く。

（ああ……）

少女の小顔が、闇の中に露になった。北岡は胸を締めつけられる。

唇のあたりが思いきり腫れていた。切ったらしく、出血の痕跡もある。

もちろんさっきまで、唇は腫れてなどいなかった。切れてもいない。この数時間の間にできたものであることは明白である。

「永沢、おまえ……」

か細い二の腕をつかんだまま、硬い声で北岡は言った。

ムシムシと不快な夜である。それでも少女の細い腕は、陶器のようにツルツルとしている。

「…………」

由衣は反応しなかった。必死に顔をそむけ、乱れた黒髪で自分の表情を隠している。

胸の痛みが、さらに増した。

北岡が「咲希のようにまじめな女より、やはり美和みたいな好色女のほうがいい」だなどと唐変木なことを思いながら昔の女とセックスをしている間に、このいたいけな少女は、また家でこんな暴力行為を受けていたのか――。

「永沢、行くぞ」

気づいたときには、そう言っていた。

緊張して全身をこわばらせていた由衣が「えっ」と言うように、おそるおそるこちらを向く。

「そんな家、もう帰らなくていい」

「えっ。せ、先生……」

うめくように口にした北岡の声は、怒りのあまりふるえていた。

「帰らなくていい。帰っちゃだめだ」

「っ……」

おびえたような目で、由衣は北岡を見つめてくる。乱れた髪が、あどけなさの残る少女の美貌に貼りついている。

北岡はうなずいた。少女の二の腕をつかむ指に、我知らず力がこもる。

「先生が……かくまってやる」

2

実家に戻ってきたのは、三週間ぶりのことだった。

家の中には水底によどんでたまる澱《おり》のように、さまざまな匂いが染みついている。それらの中には、今年の冬に病死した実父の残り香すら混じっている気がした。

だが、それはいい。

問題なのは、父と暮らした愛人の強い体臭や香水の臭《にお》いまで、べっとりと残っているように感じられることである。

北岡は、胸くその悪い気分になった。

しかし、まさか自分のアパートに、年ごろの少女をかくまうわけにもいかない。この家があっただけ、やはりラッキーだった。

「……麵《めん》、茹ですぎだよ、先生。伸びちゃってる」

ぼんやりと物思いにふける北岡に、唇の傷を気にしながら由衣が言った。

「ん。そっかぁ？」

「いたた。麵の熱さが唇に染みる……」

「ラーメンじゃないほうがよかったかな」

「そんなことないけど。でも、染みる……いたたた……」

郊外の住宅街。近くには、この県にただひとつの小さな空港がある。中心街と比べたら、のんびりとのどかな土地柄だった。そんな田舎町の一角に、築二十五年ほどの生家はある。

一階のキッチンにあるテーブルで向かい合い、北岡と由衣はちゅるちゅると、わびしいインスタントラーメンの夕食をとっていた。

「うん。でも、やっぱ茹ですぎ」

「おかしいな。きっかり三分しか、茹でてないはずなんだけど」

北岡は麺をすすりながら首をかしげた。

夕飯としてはじつにわびしい、即席麺の宴。車を飛ばしてここまでくる途中、コンビニで調達したものだった。

夜更けの時間帯のせいもあり、すでに弁当は売りきれていた。おにぎりもパンもない。だが、だからと言ってカップ麺なんかですませるにはあまりに由衣が哀れだったため、生卵やコーンをぶちこんでラーメンを作ってやったのだが……。

「だから、私が作るって言ったのに」

かぶさりそうになる髪を片手で耳にやり、ふうふうと麵をさましながら由衣が言う。お腹が空いていたのだろう。唇の傷を痛がりながらも一心に麵をさまし、小さな音を立ててそれをすする少女の姿に、つい父性本能を刺激される。

「うまいのか、インスタントラーメン作るの」

グラスに注いだウーロン茶をグイッとやりながら北岡は聞いた。

「はあ？　ばかにしないでくれる。ラーメンだけじゃないよ。これでもちっちゃいころから、ずっとやってきてるんだから」

由衣は上目づかいに北岡を見つめ、そっぽを向くような仕草をして言う。

「そっか……小さいころからな……」

「…………」

そのひと言が意味するこの少女の暮らしに、またも胸が痛んだ。

折々に咲希から聞いた話では、由衣の母親は昔から、異性関係にはかなりルーズだったようである。

じつの父親は、由衣が六歳のころにはすでに家からいなくなっていた。

だがそれからも、何人もの男たちが少女の母親の身体を通過し、そのたび由衣は母の人生の不条理な犠牲者となった。

母親は、男がいないでは夜も日も明けぬといったタイプの女のようだ。

ひとたび男ができるとそいつに夢中になり、娘のことなど二の次、三の次。家にいられず追い出され、一人戸外で時間をつぶす生活を強いられることも少なくなかった。

そんな恵まれない生活を幼いころからつづけてきた由衣の前に、今回新たに登場したのが今の内縁の夫だった。

「名前、なんて言うんだ」

「えっ」

二人とも、あっという間にラーメンと具をかきこんでいた。両手で丼を持ち、もったいなさそうにスープをすする由衣は、愛くるしい小動物のようである。

「名前？」

「今いっしょに暮らしている、お母さんの男」

「ああ……」

由衣の表情がいきなりかげった。テーブルに丼を置いて「ふう……」とため息をつくと、しばし時間を置いて面倒くさそうに言う。

「……皆野《みなの》」

「……ミナノ。みんなの『皆』に野原の『野』で皆野か」

たしかめるように聞いた。由衣は唇をすぼめ、丼のあたりに目を落としたままこくりとうなずく。北岡は緊張した。やはりこのことを聞かずして、先には進めない。おまえ、その皆野という男に、いったいなにをされているのだと――。

「永沢」

「ねえ、先生、どうしてこんなにいい家があるのに売っちゃうの」

「……えっ」

「いい家じゃん。ここから学校に通ったっていいじゃない」

だが由衣は、そんな北岡をはぐらかすかのようだった。興味津々という顔つきで家の中を見まわし、まんざら世辞でもなさそうな口調で言う。

「ああ……」

質問のタイミングを逸《いっ》した北岡は、ぬるくなったウーロン茶を口に運んだ。

この冬に父が逝去し、実家がそのままになっていることは、ここに来るまでの車中などで由衣に説明してあった。

この家に、もう戻ってくるつもりはないとも少女に話した。

売れるものなら売りたいと考え、不動産業者らと話をしつつ、月に二度か三度ほどはここに戻って父の遺品を整理したり、売却に向けたさまざまな片づけなどをしているということも。

「だって……遠いじゃないか、学校、ここから通うんじゃ」

由衣の質問に、苦笑しながら北岡は答えた。

「車があるじゃん」

「毎日のこととなれば、面倒だろ、それでも」

北岡は眉をひそめて由衣に言う。たしかにそれは嘘ではなかった。車で通勤するとしても、渋滞まで考慮したら学校まで軽く五十分はかかる。

徒歩で気楽に行き来できる今のアパートの快適さにかなうはずもない。

「うーん。なんか贅沢って感じするなあ、それ」

しかし、由衣は納得できないようである。

「私ん家《ち》なんか、狭いキッチンと部屋二つしかないんだよ」

「二つ……」

そこに、母親と男と、年ごろの少女が一人……。

「それに比べたら天国だよ。こんなひろい家、私、はじめて。通勤に時間がかかるっていうだけで売っちゃうなんて、もったいないって思うけどな」

由衣は複雑そうな表情で古ぼけたキッチンを見まわし、チラッと北岡を見た。

「そっか。まあ……そうかもしれないけどな」

「…………」

「…………」

「なんちゃって。えへへ」

生意気な言葉がすぎたと照れくさくでもなったのか。由衣はいきなりおどけ、肩をすくめて満面に笑みを浮かべる。

（あっ）

北岡はとくんと胸をはずませた。

この少女の完全なる笑顔をはじめて見た。いつだって無表情だったり不機嫌そうだったりした扱いにくそうな娘が、無防備なまでの笑顔を向けてくる。

（な、なんだ、俺）

左の胸で心臓が、ドキン、ドキンと脈動した。どうしたことか、とたんに顔が一気に熱を増してくる。

肉厚の朱唇からこぼれた並びのいい歯列がたまらなくかわいかった。

くりっとした大きな瞳が細い線になり、濡れた瞳の輝きがそれでも鮮烈にわかる様にも激しく動揺する。

（お、落ちつけ）

教師にもあるまじき浮き立ちぶりにあわて、必死に自分を制した。少女が口にした言葉はなんだったかと思い出し、返事をしなければと焦燥する。

――通勤に時間がかかるっていうだけで売っちゃうなんて、もったいないって思うけどな。

そうだ。由衣はさっき、そう言ったのだった。

たしかに少女の言うことももっともである。だが北岡が、生まれ育ったこの二階建て一軒家を忌避する理由はそれだけではないということを、教え子は知らなかった。

北岡が首都圏の大学に合格し、学校に通うために寮生活をするようになってほどなく、土建業を営んでいた実父は愛人だった女を家に住まわせるようになった。

結局死ぬまで籍は入れなかったものの、それ以来父の愛人だった十五歳も若い女は、ずっとこの家で父と暮らした。

だから北岡は大学を卒業して地元に戻ってきても、実家には帰らなかった。帰ってこいとも、言われなかった。

自分は心を開けなかったが、父が望むのであれば、愛人の女と幸せにここで暮らせばよいと思った。

とっくに成人しているばかりか大学まで出してもらった自分が、息子面をしてともに住む理由などどこにもない。

北岡は父たちカップルと距離を置きながらも、ただひたすら、父の幸せを祈った。そして、父の寵愛を一身に受ける若い愛人と会うたびにいつも「親父のこと、よろしく頼みます」ときまじめに頭を下げた。

そんな北岡の四角四面な態度や挨拶に、クラブのホステスあがりである女は「そんなに硬くならないでよ、お兄ちゃん」とケラケラと笑い、そんなことはいわれるまでもないことだというような態度で彼に応じた。

ところが実父の愛人は、北岡との約束をあっさりと反故《ほご》にした。

今から十カ月ほど前。

父がくも膜下出血でたおれて病院に担ぎこまれると、それからひと月もしないうちに、父の看病を放棄して呆気なく姿をくらましてしまったのである。

それから父親が息を引きとるまでの間は、北岡が仕事のかたわら、ずっと父の面倒を見た。

咲希もずいぶん心配し、いろいろと力になろうとしてくれたが、北岡は「大丈夫だから」と忙しい彼女を決して巻き添えにはしなかった。

そして父は、結局たおれてから一度も意識を回復させることなく、年が変わってしばらくすると、帰らぬ人となったのだった。

北岡がこの家に愛着を持てないのは、じつはそんないきさつもあった。

実母の加寿子といい、愛人の女といい、父が建てたこの家とかかわった女たちの記憶は、どこまでも北岡をやるせなくさせた。

しかし、父親が愛人と暮らしていたことこそ話はしたが、そんな自分の心のあれこれまで由衣に話すつもりはもちろんない。

「い、いずれにしても、しばらくここは永沢の家だ」

北岡は言った。

「たりないものは追い追いそろえるとして、今夜から好きに使ってかまわんからな」

「ああ……う、うん……」

北岡の言葉に、由衣は柄にもなく恐縮したように視線を泳がせる。

「けど……」

「……うん？」

「お母さん……なんて言うか……」

「心配するな。あとでひと言、俺から連絡しておく。それと折を見て、お母さんにもちゃんと話は聞かせてもらうつもりだ」

「えっ」

由衣は驚いたように目を見開いた。

「お、折を見て話って――」

「永沢」

由衣を制止し、北岡は少女を見た。

「おまえ……いったいなにをされている。その皆野という男から」

北岡の質問に、由衣は硬直した。

ぽってりと肉厚の朱唇を半開きにしたまま、凍りついたように北岡を見た。やがてはじかれたように、少女はあらぬ方を向く。

「……まあ、今夜はいい。なにも言わなくても」

教え子との間に降りた沈黙の気まずさを、あわてて払拭《ふっしょく》しようとするような言いかたに思えた。

しかし北岡は笑顔になり、まだなお緊張したままの由衣に言う。

「とにかく今夜はゆっくり寝なさい。風呂の使いかたとか布団の場所とか、ぜんぶ説明してから帰るから」

「えっ……」

北岡が言うと、由衣は意外そうに彼を見た。

「帰っちゃうの、先生」

「当たりまえだろ」

驚く少女に、思わず苦笑して北岡は言う。

「教師が女生徒と、ひとつ屋根の下でひと晩過ごせるわけがないじゃないか」

「えー」

椅子の背もたれに身体を投げ出し、納得できない気持ちをアピールするようにじたばたしながら由衣は唇をすぼめた。

「いやだよ、こんな知らない大きい家に一人で泊まるなんて」

「おいおい。それこそ贅沢ってもんじゃないのか」

猛抗議をする少女に、身を乗り出して北岡は言った。ピンと指を伸ばしてさし、駄々っ子をさとすように低い声で言う。

「泊まれる場所があるだけありがたいと思え。それとも……帰るか、自分の家に」

よし、バッチリ決まった——北岡はほくそ笑みそうになった。

指さされた由衣はグーの音《ね》も出ない顔つきだ。

この家に関する細々としたことを説明したら、とっととアパートに戻ろう。

今夜はいろいろとありすぎて、さすがに疲労が極限まできていた。

北岡はふうとため息をついた。

3

(……って)

闇の中で、北岡は叫びそうになる。

(どういう展開だよ、これは!?)

両手で頭をかかえたくなった。

思いもよらない展開は、北岡の処理能力をとっくにあっさりと凌駕している。

「…………」

ぎこちなく全身をこわばらせたまま、仰向けになっていた。北岡はぎくしゃくと緊張したまま、そっと頭を四十五度ほど回転させる。

「……すぅ……くぅ……」

「ぅぅっ……」

あわててもとの体勢に戻った。懐かしいはずの天井の染みも、今夜はじめてまのあたりにする、知らない部屋の知らない天井に見えてしまう。

だが、そうではなかった。

ここは見知った北岡の実家。客間として使われていた、がらんとした六畳の和室だ。

北岡はその部屋に敷かれた客用の布団に、由衣と二人で横たわっていた。

布団は何組もあるにもかかわらず、ひとつしか敷いていない。こんなかたちで添い寝をすることを、由衣に「お願い」と頼まれてしまったからだ。

「…………」

もう一度、そろそろと由衣のほうに顔を向けた。由衣はとっくに眠りに落ち、小さな寝息を立てている。

安心しきったその寝顔は、起きているとき以上に幼さを感じさせた。

もしもう誕生日を迎えたのなら十七歳の年齢だが、こうして見ると中学生にも思えてしまう、無垢なあどけなさが横溢している。

唇の腫れや傷は、最初に見たときに比べたらいくらかよくなってきていた。シャワーを浴び、ボディソープで身体を、シャンプーで髪を洗った由衣の肢体からは、清潔感あふれる甘いアロマが香りたっている。

「ふう……」

まさかこんなことになるなんてと、北岡はため息をついた。ことここに至る流れを思い出し、改めてどんよりと疲労が増した。

三時間ほど前。

風呂や布団のことなど、この家に関する最低限の情報を由衣にレクチャーすると、北岡は彼女の母親にも電話をかけようとした。

だが由衣は「自分でするから」と北岡を制し、彼の見ている前で母親に電話をした。

――しばらく、友だちの家に泊めてもらうことにしたから。

由衣はいくらか逡巡《しゅんじゅん》したすえ、母親にそう嘘をついた。北岡はアイコンタクトで「おい」と抗議をしたが、由衣はかぶりをふって嘘をつきとおそうとした。

母親は、夜遅くにいきなりそんな電話をしてきた娘を、深く問いつめようともしなかった。由衣は母親と二言、三言話をし「うん、うん」と何回かうなずいただけであっさりと電話を切った。

家を飛び出した大事な娘とのやりとりにしては、母親の態度はあまりにも淡泊に思えた。北岡はまたしても、由衣に憐れみをおぼえた。

少女がニコニコと「やったー。今夜はお泊まりだ。先生が帰っちゃうのは寂しいけど」とうれしそうに笑う姿に胸を締めつけられた。

そうやって、北岡は由衣を一人残して実家をあとにした。

だがようやくアパートに着こうとしたころ、いきなり由衣から電話がかかってきた。

——先生、おばけが出るよう。お願い、帰ってきて。

電話の向こうで、そう言ってパニックになっている。どんなおばけかと聞くと、少女が説明するおばけの人相風体は、なんと死んだ父親とドンピシャリだ。

そんなばかなと思いながら、Uターンをして実家に戻った。

しかし北岡が顔を見せると、由衣は電話口で見せたあのオロオロぶりとは一転し「わあ、帰ってきてくれたー」などとはしゃいだ様子で、恐いからやはり今夜は泊まっていってほしいと北岡にねだった。

しかも、しかたなく由衣とは別の部屋に布団を敷こうとする彼を「えー。恐いんだからいっしょに寝てくれなきゃ意味ないじゃん」と、強引に自分の布団にまで引っぱりこんだのであった。

(だめだ。こりゃ眠れん……)

時刻をたしかめると、草木も眠る丑三《うしみ》つどきすら過ぎようとしていた。

北岡はため息をつく。なんだか今夜はあらゆることが、怒濤の展開で次々に起きた。

美和との五年ぶりのセックス。咲希との重苦しいファミレス。それだけでも十分すぎるぐらいのヘヴィさなのに、あげくのはてには——。

「う……うーん……」

（えっ……わわわっ）

北岡は動揺した。寝苦しさが増してきたのか、由衣は小さくうめくと、かけていたタオルケットを子供のように蹴散らして布団から追いやる。

（お……おいおいおい）

タオルケットの下から露になったのは、客用に用意してあった浴衣に身を包んだ少女の寝姿だった。

浴衣を着て寝たことなどないのか。なんとも居心地悪そうに、着乱れた夜着を細い身体にまつわりつかせている。

客間にエアコンはなかった。「そんなのなくても平気だよ」と由衣に言われたためこの部屋で寝かせることにしたが、やはり空調の効いた部屋をあてがってやればよかったかなと後悔する。

もっとも、エアコンのある部屋には、いまだ片づかない父と愛人の名残の品々があれもこれもと残っていた。

もしかしたら由衣も、それを気づかってくれたのかもしれなかった。

「すう……すう……くぅ……」

(ていうか……ちょっとヤバいって、これ)

北岡は困惑しながらも、闇にさらされた教え子の胸もとに、ついつい視線を向けてしまう。

浴衣の胸の合わせ目が、暴れるせいでしどけなく開きぎみになっていた。

そこからのぞく少女の胸もとには、たわわなおっぱいのエロチックな谷間が、くっきりと色濃く刻まれている。

夜目にも白いとは、まさにこのことだ。V字に切れこむ浴衣の隙間からのぞく美しい肌は、まぶしいほどの色合いを見せつける。

そのうえ改めてよく見れば、浴衣の布が艶めかしく盛りあがっていた。

Fカップ、八十三センチぐらいはあるはずの乳房が闇の中にこんもりとしたまるみを見せつける。こんな状況で目にすると、それは思いがけないいやらしさだ。

(見るな、ばか。見ちゃだめだ)

北岡は激しく動揺し、あわててブルブルとかぶりをふる。小さくうめいて寝返りを打った。こんな眺めは目にも毒、股間にも毒とばかりに背中を向けて、徹底防戦をはかろうとする。

やはり、どんなに懇願されても同じ部屋になど寝てしまってはいけなかったのだ。いつもの自分なら、こんな決定は決して下さないはず。今夜はいろいろとありすぎて、正常な判断ができなくなっていたのだろう。

「うぅ……暑いよう……」

(えっ)

すると背後で、由衣が寝苦しそうにつぶやいた。

北岡はふり返る。目を覚ましたわけではないようだ。由衣はぐっすりと眠りながらも、寝言のように不快な暑さを訴えてくる。

(い、いや。暑いって言われても……)

「暑い……暑いよう……」

(えっ、ええっ)

北岡は、思わず声をあげそうになった。

暑さに耐えかね、本能的にとった行動に違いない。由衣は苦しそうに身悶えつつ、胸の合わせ目をよけい左右にかき開き、バタバタと両脚を暴れさせた。

(うわっ。うわわわっ)

はじかれたように、北岡は由衣から距離をとった。見てはだめだ、見てはだめだと心中で叫びながら、もう一度もとの体勢に戻る。少女に背中を向けようとした。

だが、思ったとおりにはなってくれない。フリーズしたように心も身体も、目の前に現れた蠱惑的な眺めから興味をそらせない。

(ああ、やばい。胸……永沢の胸が)

思わず口を半開きにし、はぁはぁと息を乱してしまう。無防備にさらされたエロチックな眺めから、目をそらすことはもはや困難だ。

乱れた吐息を懸命に鎮《しず》めようとした。

由衣が本当に寝ていることをたしかめると、そろり、そろそろと、ふたたび少女に接近し、その胸もとをのぞきこむ。

(うおおっ。うおおおおっ!)

北岡は片手で口を押さえた。きっと今、自分の両目は眼窩《がんか》から目玉がこぼれてしまいそうなほど見開かれていることだろう。

由衣の胸もとは、先ほどまでよりさらに大胆に開いていた。そのせいで、見てはならない教え子のおっぱいが、かなりな部分まで露出している。

マスクメロンを思わせる乳塊が、重量感たっぷりに盛りあがっていた。二つの乳がそれぞれ半分ぐらいまで、浴衣からはみ出して艶めかしく姿をのぞかせている。

しかも――。

(ああ、ち、ちちち……乳首。乳首が)

聖職者にもあるまじき淫らな興奮に、たまらず全身をしびれさせる。

よく見ると、北岡に近い片側のおっぱいは、なんと乳首と乳輪までチラリと闇にさらけ出していた。

浴衣の端と擦れ合うかのようにして、ぴょこりと乳首が生々しく飛び出している。

4

「ああ、こ、これは。はぁはぁ。はぁはぁはぁ……」

北岡の吐息は、たまらずいっそう激しく乱れた。

くり返す呼吸音も、尻あがりに大きさを増す。

息を殺し、バクバクと心臓を脈打たせた。そろそろと、さらに顔を近づけて、こんもりと盛りあがる乳の頂のいやらしいものを凝視する。

(おお……)

思わずぐびっと唾を飲んだ。

少女の乳首と乳輪は、不意をつかれる鮮烈さ。まるで西洋人のような、という形容もできるのではないかと思える、日本人離れしたピンク色を見せつける。

乳輪の直径は、三センチぐらいであろうか。

大きくもなく、小さすぎもせず、まさにジャストサイズと思えるほどよい円を描いて、ピンクの乳輪が卑猥な存在感を見せている。

そのうえなんと、乳首はビンビンに勃起していた。

別に興奮して勃っているわけではないだろう。だがパンパンに張りつめたピンク色の乳豆は、息づまるほどの艶めかしさをにじませつつ、北岡をからかうような挑発ぶりでまんまるにしこり勃っている。

(くぅ、やばい。こんなものを見てしまっては……だめだ、だめだ。あっ……)

背すじにゾクゾクと、恍惚の鳥肌が駆けあがった。

教師ともあろう者がいったいなにをしているのだ——北岡は、散りぢりになりそうな意志と理性を総動員し、音さえ立ちそうな勢いで、少女の乳首から視線を剥がす。

ところが——。

(うおおおっ!)

顔をそむけた彼の目が新たにとらえてしまったのは、由衣の下半身の眺めである。

そういえば、先ほど少女はバタバタとうっとうしげに両脚をばたつかせていた。そのせいで、脚にまつわりつく浴衣がいちだんと左右に追いやられ、すらりと長い官能的な美脚が、惜しげもなく露になってしまっている。

（うおっ、おおお……）

やめろばか、やめろと叫ぶ自分はいた。だが、北岡は心の声に耳を貸せない。

完全に布団に上体を起こした。音を立てないようそろそろと移動して、さらにバッチリと剝き出しの脚が見える場所まで来る。

（おおお、な、永沢、なんてきれいな脚……）

由衣は片脚をまっすぐに伸ばして投げ出し、もう片方の脚を「く」の字に折って天井に膝を向けていた。そんな二本の美しい脚に、北岡は息をすることすらできないまま、ただただだうっとりと見入ってしまう。

無駄な肉などどこにもない、ほっそりとした脚だった。

しかも、この脚にはまだ女として未完成の、初々しくもイノセントな思春期のエロスが横溢している。

子供でもない、さりとて大人でもない、この年ごろの少女ならではの生々しく愛くるしい脚。太腿に残る痛々しいあざまでもが、この美しい脚をいっそう神々しいものに見せている。そのうえ太腿の白い肉は、少女がちょっと動くたび、フルフルとあだっぽくふるえてもいた。

(スベスベしている)

ぼうっと内側から火がともってでもいるかのように、少女の脚は闇の中に美しく白い形と色を浮かびあがらせている。淫靡な艶光沢を放つ白い素肌は、指で触れたならつるつると、すべらかな感触でさらに昂らせてくれそうだ。

「あっ……」

(な、なにをしているんだ、俺は)

北岡はハッと我に返った。いつの間にか指を伸ばし、由衣の脚に触れようとしてしまっている。教師生活、もう十年。はっきり言って、こんな醜態ははじめてだ。

しっかりしろ、北岡。しっかりしろ。

ブルンブルンと頭をふった。北岡は由衣の脚から手を遠ざけようとする。

だが――。

「ううん……」

(うわああ)

今度こそ、本当に叫んでしまいそうだった。いきなり由衣が立てていた膝を、パタンと外側に力なく落としたのである。

それは、今まで隠れていた少女の股のつけ根が、はっきりと露になることを意味していた。とうとう北岡は剝き出しの脚どころか、パンティを穿いた究極の部分までその目にとらえてしまったのだ。

(うお……うおおお……)

思いがけず目にしてしまった禁断の光景に、もはや理性は風前の灯火《ともしび》だ。恍惚と脳味噌をしびれさせたまま、北岡は由衣の股間の眺めに、粘つく視線を吸着させる。

ふっくらとジューシーな股間を包んでいるのは、帰るときにコンビニで買い与えた安物のパンティだった。

色は純白。華美な装飾とはまったく無縁な、地味で質素なデザインの下着である。

だが、それがよかった。この年ごろの娘には、よけいな飾りなどなにも必要ないのだと、改めて痛感させられる。

(あああああ)

ヴィーナスの丘がこんもりと、いやらしいまるみを見せつけて盛りあがっていた。

しかもあろうことか、見れば生々しいマンスジまでもが、白いパンティにかすかに走っている。

そのうえ——。

（えっ。えっえっ。ええっ）

北岡は、思わず身を乗り出していた。陰唇の存在を秘め隠しながら、こんもりとふくらむ三角形のパンティの縁。下着の横に並ぶ白い内腿は、ミッシリと内包するみずみずしい脂身を濃厚に感じさせて、なんともセクシーだ。

（うおおおおっ！）

そんな内腿の白さと量感にも、思わず心を奪われた。だが北岡の淫心を鷲づかみにしたのは、パンティの縁から飛び出している一本の……いや、二本の陰毛だった。

（毛……永沢の……マ、マン毛）

叫んでしまいそうになり、グイグイと手で口を押さえつけた。そんな行為の反動のように、甘酸っぱい激情が染みさながらに胸から全身にひろがっていく。

見間違いなどではなかった。

白い生地のパンティの縁から、わずかに縮れたいやらしい毛が、ぴょこりと飛び出して白い内腿に貼りついている。

今日はいったいなんという日だ。北岡は啞然とした。かつての女と乳くり合っただけでなく、美しい少女のパンティからはみ出す陰毛まで、まのあたりにする夜だったとは。

(い、いかん。いかん、いかん、いかん!)

北岡は焦燥した。夜着を身につけた自分の股間で、まがまがしいほどカリ首がもっこりと布を突きあげてしまっていることに気づいたのである。

(だめだ。これ以上、ここにはいられない)

衝きあげられるような欲望が、北岡の身体を悪辣な獣へと変えはじめようとしていた。安心した表情で眠るこの少女にふるいつき、教師ならなにがあろうとしてはならない、とんでもないことをしてしまいそうになっている。

「くぅぅ……」

なけなしの意志と理性を必死になってかき集めた。ぎくしゃくと由衣から離れる。ふるえる足を踏みしめて立ちあがり、ふるえる足でまわれ右をした。

退散だ。やはり帰ったほうがいい。

北岡はパニックになりながら、二階の客間から逃げるように飛び出した。

「行っちゃった……」

遠ざかっていく車の音を聞きながら、由衣はつぶやいた。

はだけた浴衣をもとどおりにし、ため息をつきながら寝返りを打つ。

「なにしてんだろ、私……」

顔が熱くなっているのが自分でもわかった。今でも心臓がドキドキと破裂しそうなほど打ち鳴りつづけている。

男という生き物に、自分からこんなまねをするのははじめてだった。

一度は帰った北岡を呼び戻したいばかりに、おばけが出たと嘘までついた。おばけの参考にさせてもらったのは、一階の仏間にあった仏壇でたしかめた彼の父親の遺影である。

しかたなさそうにしながらも、添い寝をしてくれる北岡に胸が躍った。

自分を見失った。そして気づけば、由衣は自分から彼を誘うようなはしたないまねまでしてしまったのである。

「お母さんのこと、笑えないじゃん」

やはり自分にも、忌避する母親の血が流れているのかと思うと、重苦しい気持ちになった。男に抱かれて獣のような声をあげる母の痴態が脳裏に蘇る。あわてて身体をまるめ、かぶりをふって忌まわしい記憶を追いやった。

「歳……離れすぎだと思うんだけど……」

北岡の笑顔を思い出しながら、ボソリと由衣は言う。どうして歳の離れたあんな教師に惹かれてしまうのか、自分でもよくわからなかった。

しかし、気づけば由衣は北岡にみるみる心を奪われている。

チンピラから救ってくれたからだろうか。母親の男に乱暴を受けかけていることを知り、危険を承知でかくまってくれたからであろうか。

そうかもしれなかった。

いつだって孤独だった由衣の心に、するすると北岡は入ってきた。

それまでは、なんということのないその他大勢の一人にすぎなかったのに、突然とまどうほどの輝きを放ち、由衣の心の奥のほうに笑顔で居座るようになった。

「ファザコンだったのかな、私……」

自嘲的に言い、またも寝返りを打った。

瞼を閉じると、なんだかようやく眠くなってきた。

とにもかくにも、今夜は皆野を気にしないで眠ることができる。

母親の目を盗んでしつこくちょっかいを出してくる、ギラギラと卑猥な目をした男をまったく気にせずに。

それにしても母はどうしていつも、皆野みたいなろくでもない男ばかり家に連れこんでしまうのだろう。

そして、どうして自分は母親に、皆野から受けている恐ろしい仕打ちを、はっきりと訴えることができないのだろう……。

(眠い……)

意識が朦朧としてきた。

やがて、由衣はようやく眠りに落ちた。

雪の降る寒い夜。

——出ていけ、ばか。

母に頬を張られ、戸外に突き出されて泣いている幼い少女の夢を見た。

それは、かつての由衣だった。

そんな毎日が日常だった。

夢の中の幼い由衣は「ごめんなさい。ごめんなさい」と火が点《つ》いたように泣きながら、小さな拳でドアをたたき、母に許しを請いつづけた。

第四章　妄想の中で乱れる少女

1

――あんなひろい家に、ずっと一人でいるなんていや。ねえ、先生、今日も来てくれるでしょ。今夜は私がご飯を作ってあげるから。

翌日。

由衣に突然引きずりこまれたのは、学校の階段の踊り場だった。

誰にも話を聞かれていないことをたしかめると、すばやく由衣はそう言って微笑み、短いスカートの裾をひるがえして北岡のもとを離れていった。

家に帰らないと持ってこられないものは教科書などいろいろとあったが、由衣はなんとかごまかして、授業を受けていた。

もう少しで夏休みだ。危険を冒して家になど帰らなくても、なんとか一学期は乗りきれるのではないかと北岡は思っていた。

「ていうか、今夜も泊まることだけは回避しないとな……」

学校から帰った北岡は、疲れた身体を休める間もなく、奥の部屋で実家に出かける準備をしていた。

ついさっき、改めて美和から電話がかかってきた。

昨夜の強引な展開を詫び「ヒデちゃん、彼女いたのね。本当にごめんなさい……」と恐縮しつつも、やはり美和は変わることなく北岡に金を無心した。

金は用立ててやるつもりでいる。

貸してやる義理などないが、困っているのは事実なのだ。胸に複雑なものはあったが、突きはなすことはできなかった。

じかに会って渡したほうがよいのであれば、近いうちにまた会って貸してやろうと思っている。だが、今日はそれどころではない。「ちょっと急いでいるから」と電話を切り、スーツとネクタイからカジュアルな装いにバタバタと着替えた。

時間を気にしながらセカンドバッグに財布や車のキー、免許証などをあわただしく突っこんでいく。

食材の買い物など、当座の生活に必要な金は昨晩のうちに由衣に渡していた。家の近くのスーパーの場所も教えたし、問題はなにもないはずだ。

「なにを食わせるつもりだ、あいつ……」

エプロンも買っていいかと、北岡は由衣にたずねられた。

新品のエプロンを細い身体に着け、せっせと夕飯の用意をする由衣の姿を想像すると、つい微笑ましくなってにやけてしまう。

(あっ……)

だが、北岡の身体を甘酸っぱく締めつけるのは、じつを言うと教え子への微笑ましさだけではなかった。

なにしろ昨晩は、あんなことがあったのだ。

由衣のことを思い出すと、オマケのように、亡霊のように、闇の中での淫靡な出来事が思いがけない鮮烈さで北岡の胸に蘇ってくる。

(い、いかん、いかん)

浴衣の中から飛び出していたおっぱいと乳首を思い出し、不覚にも股間がつんとうずいた。大胆に開いた太腿とパンティの間に、二本もいやらしい縮れ毛が飛び出していた眺めにも、ついつい官能の鳥肌が立つ。

「お、俺……大丈夫か、今夜」

出かけようとしていた準備を止め、北岡は自分に問いかけた。

永沢由衣という瘦せっぽっちの少女は、彼の中で一気に特別な存在感を放つようになってしまっていた。

他人をよせつけない孤独そうなたたずまい。ふいに目にした愛らしい笑顔。おばけが恐いとSOSをしてきたかわいい声。そして、決して目にしてはならなかったはずの、禁断の乳房や股のつけ根の耽美な眺め――。

今夜、自分はふたたびあの少女と二人きりになどなって、本当になにごともないまま ここに帰ってこられるのだろうか。

「ううっ……」

思い出してしまった淫らな記憶は、なかなか脳裏から離れない。

こんもりと盛りあがる白いパンティとそこから飛び出す陰毛の記憶に、北岡は苦しめられた。股間がキュンと甘酸っぱくしびれる。ペニスに血液が流れこみ、ムクムクと勃起をはじめてしまいそうになる。

パンティのクロッチから陰毛がはみ出していたということは、意外にあの娘は剛毛なのか。あんなかわいい顔をしたクールな娘なのに、股のつけ根にはボーボーと、美少女にもあるまじき大量の陰毛がもっさりと生え茂っているのだろうか。

ああ、見てみたい。由衣の剛毛繁茂を見てみたい。

いや、剛毛だけではないぞ。かなうことならあのすらりとした美しい脚を、自分のこの手で容赦なくガバッと左右にひろげさせ——。

「ま、待て。待て、待て、待て」

落ちつけと、悲鳴をあげそうになりながら北岡は思った。深呼吸をして、高まりそうになる劣情を必死になって抑えつける。

「なんてこった……」

やはりこれは危険だと、改めて痛感した。

由衣のことをかわいいと思っているだけならまだいい。だが股間に血液が集まってしまいそうになるこの感情は、教師なら決して抱いてはならない禁忌なものである。

「やっぱり……行かないほうがいいか……」

暗澹たる思いでつぶやいた。はっきり言って、自分に自信が持てない。

北岡は、欲情しそうになっていた。

（えっ）

そのときだ。いきなり玄関でチャイムが鳴る。

「宅配便かな……」

印鑑を手にとり、玄関へ向かった。玄関と言っても、キッチンの端にわずかに設けられた粗末で小さなスペースだ。

ドアの内鍵を開けた。北岡はノブをつかみ、そっと中からドアを押す。

「あっ」

「き、北岡先生」

ドアが開くのを、今や遅しと待っていたかのようだった。

わずかに開いた古い木のドアを自らさらに大きく開け、今にも泣きそうな顔つきで咲希が中に飛びこんでくる。

「さ、咲希……むんぅ……」

「んんムゥ。先生……あぁン、先生……んっんっ……」

まるで人が変わってしまったかのようだ。咲希は激しい感情を露にし、北岡に抱きつくや、ぽってりとした肉厚の朱唇を熱く押しつけてくる。

「ちょ……咲希……んんぅ……」

……ちゅぱちゅぱ。ぢゅる。ちゅっ。

「はぁはぁ……北岡先生……はぁはぁはぁ……」

狂おしい熱情を、まるごとぶつけてくるかのようなキスだった。

北岡はそんな咲希の勢いに圧倒され、一歩、一歩、また一歩と後退しながら、キッチンから奥の部屋へと移動する。

なりゆきで靴のままキッチンまであがってしまったらしい。咲希は、あわてた様子で脚をふってパンプスを脱ぐ。飛びちった靴が、次々とキッチンの壁や床をたたく。

「おお。咲希、あっ……」

「先生……先生、先生、北岡先生」

咲希の勢いに負け、二人してベッドへともつれこむようにたおれた。ベッドのスプリングがギシギシときしむ。北岡は咲希といっしょに、上へ下へとバウンドする。

「……苦しいんです。苦しいの」

眼鏡の奥の咲希の瞳は、涙をにじませていた。鼻をすすり、唇をわななかせ、北岡に覆いかぶさって、せつない心情を咲希は吐露する。

「咲希……」

「先生のこと、嫌いになれたらどんなにいいか……でも……でも……今日だって、ちっとも授業に身が入らなくて……気づいたら、先生のことばかり考えてしまって」

「ああ……」

改めて、熱烈な挙措でむしゃぶりついてくる。

学校で目にするいつもの女教師は、やはりどこにもいなかった。

恥ずかしいのは事実なのに、それでも気持ちを抑えられず、こんな行為に身をゆだねてしまっているのであろう。清楚な美貌を熱でも出たように真っ赤に染めて「先生、苦しいの。先生が好きです。好き」とせつない想いをぶつけてくる。

学校では、今日はずっとぎくしゃくしっぱなしであった。昨日の今日なのだからしかたがないとも北岡は思った。

そんな咲希を気にかけつつも、心には終日由衣がいた。なんてひどい男だと思いながらも、北岡は自分を制御できなかった。

「おお、咲希……」

女教師の捨て身のようなアピールに、北岡はたまらずムラムラときた。

最悪といえば、まさに最悪のタイミング。なにしろ今この瞬間も、北岡の頭の中には美少女の淫らな記憶がある。そして同時に、はっきりとわかってしまったこともあった。やはり自分は、咲希の気持ちには応えられない。

申し訳ないとは思いつつ、そして、このムチムチとしたいやらしい肉体にはたしかに魅力をおぼえつつも、やはり「この人ではない」と思ってしまう。

「おお。咲希、咲希」

「あああ」

だが北岡は、気持ちとは反対のことをした。妄想の中の卑猥な少女にあおられるかのようだった。

攻守ところを変えるかのように、咲希の身体を反転させた。

今度は自分が上になる。ふるえる指を咲希に伸ばし、着ているものを次々とその女体からむしりとった。

「あァン、北岡先生……いいんですね……先生を好きでいて、いいんですね……」

「はぁはぁ……咲希……」

せつなさの中にも喜びをにじませ、泣きながらたしかめようとする女教師に罪悪感をおぼえる。

(おお……由衣……由衣っ！)

心で呼びかけている相手は由衣だった。焦げつくほどの激情を痩せっぽっちの少女に抱きながら、こともあろうに目の前の二十四歳の肉体に襲いかかろうとしている。

なんだ、この気持ちは。なんだ、このすさまじい興奮は。

自分で自分が信じられなかった。なんの罪もない女教師を素っ裸にひん剝きながら、心の中では美少女も一糸まとわぬ姿に剝いている。

エプロン姿のかわいい由衣が気になっていた。

早く行ってあげなくては、せっかくの料理を無駄にさせてしまう——そんなふうに思っている自分も、うそ偽りなくたしかにいる。

だが、もはや北岡は燃えあがるような欲望にあらがえない。

セックスがしたかった。女を抱きたかった。

とろとろにとろけた温かでいやらしい粘膜の園にペニスを突き刺し、淫らな気持ちよさに酔いしれながら、ただただ怒張を挿れたり出したり、カリ首を妖しいヌメヌメに心のおもむくまま擦りつけたりしたかった。

たとえその女が、心の中にいる女ではなくとも。

「あぁぁぁん……」

肉感的な女体から服を剝ぎとり、ベッドの下にほうり投げる。

乳と股間を覆っていたのは、花柄のキュートでセクシーなブラジャーとパンティ。

北岡はそのどちらをも、むしりとるように女教師のもっちりとした肉体から引きちぎる。

2

「ハアァァ……」

「さ、咲希、オナニーしてみせてくれ」

自らもまた服を脱ぎながら、北岡は咲希に要求した。

「えっ。あ、あああ……」

咲希の裸身に手をやり、強制的にうつ伏せにさせた。手とり足とり清楚な女教師をエロチックな四つん這いの体勢に変える。

ムチムチと健康的な太さを見せる二本の太腿が、ググッとベッドに食いこんだ。

白くて太い腿の間からのぞくのは、咲希のもっとも秘めやかな部分。やわらかそうなヴィーナスの丘が、今夜もふっくらと艶めかしく盛りあがっている。

そんな秘丘が縦に裂け、皮からはみ出す果肉のように、生々しさあふれるピンクの膣粘膜が肉ビラのあわいからのぞいていた。

粘膜はすでにねっとりと、いやらしい蜜をにじませている。

「あぁん、北岡先生」

「はぁはぁ……オナニーしてくれ、咲希」

「そ、そんな……」

「見たいんだ。きれいな咲希が自分でマ×コを掻きむしって、もっともっといやらしくなる、スケベな姿が見たいんだ」

言いながら、とうとう自分も裸になった。

最後に残ったボクサーパンツをズルッと股間からずり下ろすや、雄々しく勃起した肉棒がブルンとしなって天を向く。

「あぁ、せ、先生……」

「なあ、咲希もしてくれ。俺もするから……ああ、ゾクゾクする」

「あっ……」

北岡は隆々と勃起したペニスを握りしめた。焼けた鉄のようになった男根は、ヤケドするかと思うような灼熱感に満ちている。

「はぁはぁ……咲希、は、早く」

訴えるように言いながら、四つん這いの咲希の背後で、しこしこと怒張をしごきはじめた。もうそれだけで甘酸っぱい、せつないうずきがキュンキュンと亀頭から股のつけ根へ、脊髄から脳天へと駆け抜けていく。

「あぁン、先生……こ、興奮……興奮してくれているんですか……」

そんな北岡の浅ましい姿を、咲希は誤解したようだ。

「咲希……？」

「私に……興奮してくれているんですよね……あの女の人にじゃないですよね」

「えっ……」

「あの人のほうがきれいなのに……はぁはぁ……私なんかじゃ、ぜんぜん勝てない。きれいでセクシーで……あんなにもエッチな人なのに！」

「あっ……」

咲希は感きわまったように声をうわずらせるや、股間に片手を潜らせた。

「おお。さ、咲希……」

「はあァン。い、いいんですね、私なんかのオナニーで。こんな……まじめでつまらない女教師なんかのオナニーで。うあ。うあああ」

「おおお……」

……ニチャッ。ぐぢゅる。ねちょ。

白魚さながらの二本の指で、ぬめる膣粘膜を前へうしろへと掻きむしりはじめた。

ヌルヌルとした粘膜を細い指が愛撫するたび、ひろげられた二枚のラビアが蝶の羽のように開閉する。

「あっあっ。はあァン。ああ、恥ずかしい。恥ずかしいです。でも……これでいいんですか。こんな私で興奮してくれますか。あぁァン」

「くぅぅ……」

もっちりとした太腿を開いて踏んばり、グチョグチョと品のない音を立てて媚肉を掻きむしった。

いつもチョークを持っているたおやかな指が、下品でいやしい官能を求め、おのが秘割れをはしたない挙措で何度も擦りたおす。

膣園からひびくはしたない音を聞くかぎり、彼女もまたそうとう興奮しているらしいのは火を見るよりも明らかだ。

本気で恥じらい、激しくとまどってもいたが、北岡の期待に応えたいという一心で、自ら浅ましい姿をさらし、涙目のままそれを見せる。

(おお、ゆ、由衣……はぁはぁ……由衣……!)

それなのに、北岡が思っているのはほかの女だった。

か細いくせに、おっぱいだけは大きな少女が高々と尻をあげ、剛毛繁茂のワレメをいじくる。女子高生があげてはならない、いやらしい声をあげている。

――あっあっ。せ、先生。恥ずかしい。でも、感じちゃうよう。感じちゃうよう。

「うお、おおお……」

妄想の中の少女と目の前の裸身が、北岡の中でひとつに重なった。

だが、咲希の生身に集中すると妄想が弱まり、痩せっぽっちのはずの由衣がムチムチと肉感的な少女になる。

そのことに、北岡はいらだった。

違う。本当はこの女ではない――そんな失礼きわまりない叫びを心の中で放ちつつ、どす黒い怒りを憐れな女教師にぶつけていく。

「さ、咲希、はぁはぁ……オナニーしてるのか」

「あぁん、し、してます。見たいんですよね。だから、見せます。先生が見たいと言うのなら……つらいけど、苦しいけど……やっぱり、先生が好きだから！」

「おお。咲希、咲希っ」

涙声で訴える眼鏡の女教師に、罪の意識がふくれあがった。

それなのに、由衣ではなく咲希がここにいることに、理不尽な怒りが湧きあがる。

なんて男だ。最低にもほどがある――そう思いはするものの、北岡はなおも咲希を責めさいなむ。

「い、挿れるぞ、咲希。いいのか。昨日、昔の女のマ×コにつっこんで気持ちよくなってたチ×ポ、またおまえに挿れてもいいのか」

言う必要のないことだった。

言ってはならないことかもしれない。

それでも北岡は、どす黒いものを咲希にぶつけた。四つん這いの女教師の背後で体勢をととのえる。反り返る怒張を手にとるや角度を変え、ぷっくりと肥大したやる気満々の鈴口で、ぬかるむワレメをいやらしく擦る。

「ハッアァアン。北岡先生、あっあああぁ」

「いいんだな。このち×ぽ、またおまえに挿れてもいいんだな」

……グチョグチョグチョ。ヌチョヌチョヌチョ。

「あっあああ。い、挿れて。私に挿れて。もう二度と、あんなきれいな人とセックスしないで。エッチな人に興奮しないで。私で……お願いだから、私で興奮して」

「おお、咲希」

「エッチになるから。なってほしい女に私、がんばって絶対なりますからあ」

「咲希、咲希、うおおおっ」

――ヌプッ。ヌプヌプヌプッ。

「ああああぁ」

極太を突き入れる動きは、我知らずサディスティックになった。一気に男根で肉割れを貫き、最奥の子宮口にまでズブズブと亀頭のパンチをめりこませる。

そんな北岡の激しい挿入に、咲希は我を忘れて声をあげた。

背すじを反らし、細いあごを天へと向けてよがり吠えを炸裂させる。強い電撃に裸身をしびれさせたかのように、マットレスへと勢いよくつっ伏す。

「あぁぁん……」

「くうぅ、咲希、あああ……」

蜜涎をあふれさせる花びらは、飛びこんできたペニスに喜悦するかのように、ヒクン、ヒクンと蠢動した。

もう放さない、放さないんだからと、言うに言えないせつない想いを訴えるかのように、波うつ動きはいちだんと増す。北岡の肉棒は根元から、亀頭の先までムギュムギュと何度も甘酸っぱく搾りこまれる。

「おお、た、たまらない……」

北岡は、そんな女陰でいやらしいもてなしをする咲希の背中に覆いかぶさった。

艶やかな背すじには、早くもじっとりと汗の微粒がにじんでいる。

北岡は咲希を背後からかき抱く。湿った肌に肌を重ね、うっとりと目を閉じ、妄想に浸った。

――あぁん、先生……。

そのとたん、艶めかしく鼓膜にひびくのは、美しい少女の声である。

妄想の中で、北岡は由衣を犯していた。

ヌルヌルになった由衣の淫肉に勃起ペニスを根元まで挿れている。ようやく訪れた合体の悦びにうしろめたさをおぼえながらも、怒張のうずきをとめられない。

(ああ、このマ×コは由衣のマ×コ。温かくていやらしい、由衣のマ×コ)

「うおっ。うおおおっ……」

「ひはっ。あぁん、北岡先生。ハッアアァァ……」

……グヂュッ、グヂュッ、グヂュッ!　グヂュッ、グヂュッ、グヂュッ!

俗に言う、寝バックなる体位だった。咲希はうつ伏せになったままコンパスのように脚を開き、北岡のピストンと体重を受け止める。

(ああ、気持ちいい)

女教師の蜜壺は、ヌメヌメと奥まで潤みきっていた。北岡は肉スリコギを抜き差しし、亀頭の杵で子宮口をつく。

――あっあっあっ。先生、恥ずかしいよう。あああ。

妄想の中の全裸の少女は、北岡の激しいえぐりこみに堪えかねて、艶めかしいあえぎ声をうわずらせた。みずみずしい素肌にさらなる汗がじわりとにじみ、甘い匂いをふりまきながら、さらに乱れていやらしくあえぐ。

(由衣、ち×ぽ気持ちいいか)

そんな美少女にしびれるほどの劣情をおぼえながら、北岡は聞いた。

――いやだ、そんなこと言えないよう。

(言いなさい。ち×ぽ、気持ちいいか)

――いじわる。先生のいじわる。大嫌い。

(ち×ぽ、気持ちいいか)

――ああ、き、気持ちいい。先生、気持ちいいよう。気持ちいいよう。あああ。

妄想の中、素っ裸の少女はいよいよ恥悦を剥き出しにする。

今にも泣きそうな顔で背後の北岡をふり返り、あんぐりと大きく口を開けて、エロチックな嬌声をほとばしらせる。

(ああ、俺も気持ちいい。由衣のマ×コ気持ちいい。気持ちいいぞ、由衣)

「ヒイイィ。あぁン、北岡先生、北岡先生、あああああ」

（あっ……）

北岡の卑猥な妄想を、よがりわめく咲希のリアルな淫声が遮断した。

発情した牝肉を蹂躙される気持ちよさは、咲希のような女でさえも一気に野卑な獣に変える。

日ごろの彼女からは想像もつかない艶めかしい声をあげた。

膣奥深くまでえぐりこむたび堪えかねたように裸身をのたうたせ、窮屈な体勢で背後をふり返り、潤んだ瞳で北岡を見る。

3

「はぁはぁ……チュ、チュウしたいか、咲希」

取りつくろいながら北岡は聞いた。

咲希がキスをねだっているのは明らかである。淫らにとろけたその顔が、やはり由衣ではないことに理不尽な欲求不満をおぼえながらも北岡は聞いた。

「あぁん、北岡先生イイィ」

「チュウしたいか、咲希」

「ああ、チュ、チュウしたい。先生、チュウしてください。チュウしてえぇ」

「おお、咲希」

「ンムウゥゥッ……」

求めてくる咲希のぽってりとした唇に、欲望を露にして吸いついた。グイグイと口を押しつける。その勢いに負けて咲希の唇は、惨めなまでにひしゃげてめくれ返る。

並びのいい白い歯はおろか、ピンクの歯茎までもが露出した。そんなものまで開帳し、それでもなお美しい女などいるはずもない。

北岡はそうした咲希の生々しさあふれる表情にいちだんと昂った。

どうして由衣じゃない、どうして、どうしてと身勝手な怒りを持てあまし、いっそう嗜虐的に女教師を責めさいなむ。

「はぁん、先生……あああぁ……」

「し、舌を出せ、咲希。ベロチューだ。ほら、早く」

「ああ、ベロチュー……はぁはぁ、先生とベロチュー。うあああ」

……ネチョ……ネチョネチョネチョ。ピチャピチャピチャ。

咲希は求められるがまま舌をさし出し、北岡とのただれるようなベロチューに溺れた。

思いきり舌を飛び出させ、北岡の舌にそれを擦りつけようとする姿は、はっきり言って浅ましいの一語。いつも楚々として上品な身ごなしの女であるぶん、ギャップは激しく、それがたまらなくいやらしい。

「おお、咲希……むんぅぅ……」

「アァン、先生……どうしよう……どうしよう、こんなに好きになってしまって」

「咲希……」

「むんぅ。あああ。き、気持ちいい。先生、ち×ちん気持ちいい。うあああぁ」

下品なベロチューに身をゆだね、清楚な美貌を惜しげもなくゆがめながら、牝の肉穴をほじくり返される悦びを、咲希は生々しく訴えた。

（ううぅっ……）

しかし、北岡は心ここにあらずだった。

薄目を開けて相手を見れば、そこにはうっとりと美貌を弛緩させる咲希がいる。美しい女だ。不満など口にしてはバチが当たる。気立てのよさも申し分がない。

だがそれでも、北岡の中にはどす黒くまがまがしいものが、いちだんと色濃く噴き出してくる。

どうしてここに咲希がいる。俺はあの痩せっぽっちの少女といたいのに、どうしてこんなにこの女は、ムチムチといやらしい身体をしているのだ——。

「おおお、ゆ……さ、咲希……咲希！」

思わず「由衣」と言ってしまいそうになり、あわててごまかした。

突っ伏していた咲希の身体を、もう一度四つん這いの体勢にさせる。淫靡な汗をにじませた二十四歳のもっちり女体をふたたび獣の体勢にさせ——。

「ヒイィィン、ああ、北岡先生、先生、先生、あああああ」

——バツン、バツン、バツン。

生々しく張りつめる咲希のヒップを鷲づかみにし、狂ったように腰をふって肉傘を膣ヒダに擦りつけた。

「あぁん、北岡先生、ヒィィン、お、奥、奥まで先生のち×ちんが……うあああぁ」

「はぁはぁはぁ。ああ、出る……もう、出るぞ」

北岡はフンフンと鼻息を荒げ、怒濤の勢いで腰をしゃくった。

射精寸前のカリ首が、ヌメヌメした凹凸と肉ずれ音をあげて窮屈に擦れ合う。甘酸っぱさいっぱいの強い電撃が亀頭からひらめき、脊髄を伝って脳天へと、強い鳥肌をともないながら、何度も何度も突き抜ける。

「あっああぁ。あああぁ。いやん、先生、感じちゃう。感じちゃうンンン」

ポルチオを責められる恥ずかしい快感に、咲希は狂乱した。別人かと思うような黄色い声をあげてとり乱し、艶やかな髪をふり乱して、獣の悦びに耽溺する。

「うあああ。あああああ」

(だ、黙っていてくれ。集中できない)

艶めかしい声で官能を訴え、よがる咲希についいらだちをおぼえた。なにしろ瞼の裏の妄想では、あの美少女を下品な格好に這いつくばらせている。

すらりと長く、無駄な肉のない両脚を大胆に開いて踏んばらせ、みずみずしさあふれる未熟な膣に、どす黒いペニスをぶちこんでいた。

ヌチョヌチョと品のない音を立てて泡立つ愛蜜を攪拌《かくはん》しながら、フレッシュで狭隘な肉壺の中で怒張を挿れたり出したりする。

孤独な影を宿した少女は、いつもと人が変わったかのように激しく乱れて――。

――ああ。あああ。先生、気持ちいいよう。恥ずかしいけど、とろけちゃうぅ。

濡れたように艶めく黒い髪を激しくふり乱した。あんぐりと開いた口から糸を引いて涎を飛びちらせては、感きわまったあえぎ声を連発させる。

重力に負けておっぱいが、釣鐘のように伸びていた。

先端を彩る乳勃起は、今日も妖艶なピンク色だ。サクランボのようにパンパンに張りつめ、まつわりつく汗を乳首からも飛びちらせる。

（おお、由衣……由衣。お、俺も気持ちいい。もう、だめだ……）

――パンパンパン！　パンパンパンパンパン！

「ヒィイン。ヒイイィ。あっあっあっ。あぁん、先生、あっあああぁ」

激しい突きを一身に浴び、咲希はしきりに身をよじった。

北岡の股間が女教師の尻を打つ。

湿った肉の爆《は》ぜ音が、誰はばかることなく生々しい音をエスカレートさせる。

「はぁはぁ。はぁはぁはぁはぁ」

北岡のピストンはラストスパートに入っていた。息すら止めて腰をふり、とろけにとろけた膣の中で、獣茎の抜き差しをくり返す。

「ああァン、北岡先生、気持ちいいです。もう、だめ。もう、だめ。あああぁ」

短く切ったピンクの爪で、咲希はガリガリとシーツを掻いた。

汗ばんだ臀肉の谷間では鳶色のアヌスが、ヒクヒクとさかんに収縮している。

それと同時に蜜肉も淫らな蠕動をくり返し、北岡のペニスをあだっぽく絞りこんでは、またもや解放してムギュリと絞る。

（おおお……）

――先生、気持ちいいよう。もう、だめ。私、イッちゃう。イッちゃううぅ。

「おお、イク。俺もイクよ……」

咲希の淫声とシンクロし、由衣のあえぎが高まった。

北岡の声は思わずうわずる。

ふぐりの中で睾丸が二つそろって跳ね躍った。煮こんだ熱いザーメンが、重力なんてものともせず、うずく肉棒をせりあがる。

「ヒィイン。先生、ああ、先生イイィ、もう、イッちゃう。イッちゃうイッちゃうイッちゃうイッちゃう。ああああああっ」

――先生、イッてもいいの？　ああ、イク。イクイクイクウゥゥ。

「おお、由衣、俺も気持ちいい。も、もうだめだ。うおおおおっ」

「あああああ。ああああああっ!!」

――どぴゅどぴゅどぴゅ！　どぴゅっ、どぴゅぴゅっ！

ついに北岡は、エクスタシーの彼方へとロケット花火のように突き抜けた。視覚も聴覚も消失し、意識すら完全に白濁させて、天空高く加速する。

……ドクン、ドクン、ドクン。

（あああ……）

ようやく戻ってきた意識がとらえたのは、凶暴な音を立てて脈動し、精液を吐き出すペニスの雄々しさだ。波うつ動きで痙攣をくり返す陰茎から、ネバネバと濃厚な征服汁が、咲希の膣奥にたたきつけるように飛びちっていく。

「おお、咲希……」

「あぁあん、先生……い、いやだ、私ったら……身体……身体が……はあぁ」

見れば咲希はビクビクと、汗を噴き出させた裸身を不随意に痙攣させていた。

移動途中の尺取虫のように、尻だけを突きあげた官能的な姿。

脈動をくり返す陰茎をズッポリと根元まで腹の底に吞みこんだまま、見られることを恥じらうように右へ左へと顔をふり、火照った美貌から眼鏡をずり落とす。

(あっ……)

それは、不意をつかれるほど可憐な美貌であった。

思ったとおり眼鏡をかけた表情より、何十倍も魅力的な素顔である。

だが――。

(お、俺……さっきなんて言った)

咲希の美貌に感心しつつ、北岡が思っていたのはそのことだった。

今となってはたしかめるすべもない。だが完全にとり乱した究極の場面で、自分が思わず口にした名が咲希だったかどうか、北岡はとても心もとなかった。

「はうう、先生……入って、きます……先生の……温かい……精液……」

「咲希……」

しかし咲希の様子を見る限り、取りこし苦労にすぎないのかもしれない。

相変わらず官能的な痙攣をくり返して太腿やおっぱいをブルブルとふるわせつつ、咲希はうっとりと満足げな横顔を北岡にさらす。

「信じて……いいんですね。先生に、愛されているって……」

「さ、咲希……」

「しあわせ……ほんとに、しあわせです……あああ……」

咲希は目を閉じ、夢見るような顔つきになった。甘酸っぱい悦びを無言で伝えてくるかのごとく、またしても淫肉が蠢動し、北岡の男根を甘締めする。

「おおお……」

北岡は、天を仰いで間抜けにうめいた。精子でドロドロに穢した蜜まみれの子宮口に、新たなザーメンをどぴゅりと勢いよく粘りつく。

本心など、明かすことはできなかった。

自分のあまりの非道に嫌悪すらおぼえる。

咲希の牝肉は、腑抜けになるような気持ちよさだった。眼鏡をとったその素顔は、彼女がほかの女性に対して劣等感をおぼえているのが不思議なくらい、美しかった。

それでも――。

(由衣……)

北岡の心には、やはり別の女がいた。

しかもその女は、咲希が思っているだろう女ではない。

(地獄に堕ちるかもな、俺……)

吐精の余韻に恍惚としながら、うしろめたい罪悪感にもさいなまれた。

「ああ……」

咲希はそんな北岡の葛藤など知る由もない。

陶酔しきった甘い吐息をこぼした。

アヌスをヒクヒクといやらしく何度もひくつかせては、不埒な行為のめくるめく名残を、長いこと一人で嚙みしめていた。

第五章　下着姿の小悪魔

1

「なあ、そろそろトマト、入れてもいいんじゃないか」

「あん、だめだめ。もうちょっと玉ねぎ炒めて。まだ黒くなってきてないでしょ」

北岡が焦りながら聞くと、少女はかたわらからフライパンをのぞきこんだ。北岡はせっせと木べらを動かし、玉ねぎのみじん切りを炒めながら由衣に聞く。

「あと何分ぐらい炒めりゃいいんだ」

「うーん、そうね、二、三分って感じかな」

由衣は真剣な顔つきで時間をたしかめ、北岡を見る。

至近距離で目と目が合った。北岡はとくんと心臓を躍らせ、あわてて教え子から視線をそらす。そんな北岡に由衣が言う。

「そうしたら、ざく切りのトマトを入れて、混ぜながら二分ぐらい炒めて。それからターメリック、コリアンダー、クミンのパウダーと――」

「塩だよな。それぞれ小さじ一杯ぐらい」

「そうそう。それでようやく」

「グレイビーが完成と」

「さっすが。わかっているじゃない、先生」

由衣は感心したというように、満面に笑みを浮かべて北岡の肩をたたいた。

（うう……）

動揺していることを見透かされまいと、あえて無表情を装った。

いつの間にか少女は、こんなにも無防備でかわいい笑顔を、惜しげもなく何度も見せてくれるようになっている。

夏休みに入って、はや十日ほど。北岡に対する由衣の心の距離は、じわり、じわりと確実に縮まってきている気がしていた。

今日はチキンスパイスカレーの夕餉だった。せっかくだからいっしょに作ろうよと由衣に誘われ、実家のキッチンに並んで立っている。

ピンク色のキュートなTシャツと、太腿が大胆に露になったブルーデニムのショートパンツにスレンダーな肢体を包んでいた。

ちょっと肌を露出しすぎなのではないかとうろたえたくなるこの服は、当座の金にと北岡が渡した生活費で買ったようである。

小さめにも思える愛らしいTシャツは、か細い身体に吸いつくようにフィットしていた。たわわな乳房の盛りあがりが、窮屈そうにピンクの布を押しあげて、たっぷたっぷと揺れている。

ショートパンツから伸びた剝き出しの脚も、惚れぼれするほどの美しさと健康的なエロスで、北岡を息苦しい気分にさせた。

「お、おい、用意はできてるのか。ターメリックとか」

玉ねぎのみじん切りを、時間を気にして炒めつつ北岡は聞いた。髪の生えぎわから汗の玉が噴き出してきている。

暑かった。だがその暑さは、決して不快ではない。

「スパイス類でしょ。当たりまえじゃん。ぜんぶ私が混ぜておくから心配しないで。先生はそれを玉ねぎとトマトにかけるだけ。そろそろトマト、いいんじゃないかな」

「お、おう」

由衣に言われ、北岡はあわててボウルに用意しておいたトマトのざく切りをフライパンに入れた。

食欲をそそるジュワッという音が、油の跳ねるフライパンからあがる。

「先生、チリパウダーはどれぐらいが好み。辛口、中辛、あんまり辛くないやつ」

「あんまり辛くないのがいい」

「げっ。おこちゃまじゃん」

「うるさいよ、おまえは」

「あははは。しかたない。じゃあ、今日は辛いの抑えめでってことで。私、ほんとは辛口派なんだけど」

由衣はおかしそうに笑い、くりっと大きな瞳を線のようにした。

北岡は木べらで玉ねぎとトマトを炒めつつ、そんな少女の横顔をチラッと見た。

甘酸っぱい想いに、思わず胸を締めつけられる。

ようやく夏休みがはじまっていた。

結局由衣は、一度も自分の家には戻ることなく、この家で生活しつづけていた。

近所の住人たちには「予備校の夏期講習を受けるために田舎から出てきた、親戚の受験生の娘」だと紹介していた。

由衣は嬉々としてそんな自分の役まわりを演じ、隣近所の人々の前では「お兄ちゃん。お兄ちゃん」と北岡にまつわりついてまでみせた。

少女は駅前のファストフード店でアルバイトまでするようになっていた。

――お金も借りちゃったし、ここの家賃もあるし、しっかり稼がないとね。

由衣はそう言って反対する北岡をふりきり、強引にアルバイトをはじめたのであった。

北岡はそんな少女の様子を見るために、二日か三日に一度は実家に戻っている。

本音を言うなら毎日でも顔を見に帰りたいところだが、やはり聖職者としての矜持と迷いが、そんな行為に軽々と走ることをいましめさせた。

また、生徒たちが夏休みでも、教師も休みというわけではない。

それまでと変わることなく出勤していたし、地道な教材研究や、市や県の教育機関が主催する研修会にも参加したりと、夏休みならではの多忙さに翻弄されてもいる。

そのうえ、オフタイムには咲希とも会っていた。

ここに来ないときには毎日のように、と言ってもいい。

会えば必ずセックスをした。

北岡のアパートでも、招かれて訪ねた彼女のアパートでも、やることは同じだった。獣のようにまぐわっては、汗みずくになって性器の擦り合いにただただ溺れた。

最低な行為だとわかってはいたが、由衣に対するほの暗い想いを、北岡は咲希にぶつけつづけた。

教え子に手を出してはならないという自戒の気持ちは、コインの裏表のように罪もない女教師への肉欲へと変質し、彼女の身体をむさぼる行為へと北岡を向かわせた。

ちなみに、美和への金の貸与はとっくに終えていた。

改めて美和と会い、銀行から下ろした貯金のほとんどをじかに本人に手渡した。

美和は泣きながら「ありがとう。ヒデちゃん、ありがとう」と何度も礼を言い、いつか必ず恩返しをするからと涙ながらに約束をした。もっともそんな美和の言うことを、いちいちあてになどまったくしてはいなかったが……。

とにかくそんなふうにして、迷路に踏みこんだようにも感じられる北岡の夏は、異様な熱気をはらんだまま、日増しに淫靡な灼熱感を増していた。

「いただきまーす。わーい。けっこうじょうずにできたね、先生」

「そ、そうかな。まあ、食べてみてくれ……」

「うん。おいしい、おいしい。ていうか、私のレシピが完璧なだけなんだけどね」

「…………」

「ウフフフ」

いつものキッチンの、いつものテーブル。

今夜も向き合って由衣と座った。

おいしそうな湯気をあげるスパイスカレーをメインにした夕食は、由衣が手ばやく用意してくれた野菜サラダとわかめスープのおまけつきである。

「ああ、でもやっぱり、辛くないなあ。ちょっと残念……」

「そっかぁ？　俺はこれぐらいがちょうどいいんだけどな」

「だから先生はおこちゃまなんだってば、味覚が」

「悪かったな」

「あっ、怒った。ウフフフ」

幸せそうにスプーンを口に運び、ご飯とカレーをむしゃむしゃと咀嚼《そしゃく》しながら、由衣は眉を八の字にした。

かわいい。なんてかわいい表情をするのだ。

北岡はそんなことを思ってしまう自分にうろたえ、ブスッとした表情のままもぐもぐとスパイスカレーを食べる。

我ながらなかなかの出来に思えた。数種のスパイスによるエスニックな味わいがチキンの旨みを引き立てて、意外なほど美味である。

由衣の料理のレパートリーは、なかなか広範だった。知識が豊富なだけでなく、腕前もなかなかのものである。

北岡が誉めると「だから子供のころからやってんだってば」と由衣は苦笑し、謙遜した。母親が面倒くさがってゴロゴロしてばかりのときは、かわりにキッチンに立つことも少なくないのだとも、少女は語った。

(それにしても)

由衣と雑談をしながら、北岡は少女の母を思った。

結局北岡は、由衣の母親には挨拶をしないままだった。

由衣が「そんなことしなくても、ぜんぜん平気だよ。なんとも思わないよ、お母さん……」と間に入ったせいもあったが、それでももう何日も家に帰らないというのに、平気で娘にそうさせて心配もしない母親の異常な感覚に、北岡は暗澹たる思いになった。

由衣が不憫でもあった。

いずれにしても、一度はしっかりと母親と話をし、由衣のこれからのことなどをいっしょに考えなければならない。

（って……やっぱり俺がやるのか、それ）

乗りかかった船とはいえ、担任でもない自分がそこまでやってよいのかという気持ちも、もちろんあった。本来なら担任の咲希にすべてを話し、彼女へとバトンを渡してサポート役にまわるのがふつうな気もする。

だが北岡は、今日に至るまで由衣をかくまっていることを、咲希にはうち明けていない。話をする時間などいくらだってあるはずなのに、咲希を見れば押したおすばかりで、由衣に関する相談などしようともしなかった。

もろちん学校にも、なんの報告もしていない。

なぜか——。

そのことを思うと、北岡は喉もとに匕首《あいくち》を突きつけられたような心境になる。

うしろめたいからだ。教師としてのやむにやまれぬ保護本能ではじめたはずのことなのに、いつしか由衣をかくまっていることが、淫靡な官能をともなう行為になっている。

（どうするんだ、これから……）

北岡は自分の心の奥底をのぞきこんだ。こんなことを、いつまでもしていていいはずはない。学校にばれたら、大問題に発展するかもしれないのだ。

しかし北岡は、結論を出すことができなかった。

教師として由衣をしっかりと指導し、問題を解決へと導くようななにごとをも、今の自分はしていない。とりあえず当座の危険からは隔離してやっているのだからという、その一事を免罪符のようにして。

本当は、こんなふうに由衣と過ごす夢のような時間が、胸躍る耽美なひとときになっていることに、これっぽっちも気づいてなどいないふりをして――。

「先生、聞いてるの?」

「あっ……」

身を乗り出して抗議され、北岡はとまどった。グラスの水をぐいっと飲んで「えっと、なんだっけ」としらばっくれる。

「だぁかぁらぁ、明日ヒマかって聞いてるの」

そんな北岡に、由衣はすねたように聞いた。ぷっとかわいくほっぺをふくらませる。少女の胸もとで、豊満なおっぱいがたっぷたっぷと重たげに揺れる。

「えっ。明日、明日は……」

「日曜日だよ。先生だって、明日は学校お休みなんでしょ」

「いや、まあ……」

たしかに由衣の言うとおりだった。だが――。

学校は休みだが、明日は咲希と約束がある。たまにはドライブにでも行こうということになり、咲希は嬉々として観光地の有名レストランの予約まで入れていた。

「だめなの？」

北岡の煮えきらない態度に焦れ、由衣は上目づかいで唇をすぼめた。

「だめっていうか……なんだ、明日、なにかあるのか」

うろたえたまま、由衣の質問に質問で返す。すると少女は、ぎくしゃくと身じろぎをする。

「べ、別に、なにかあるってわけじゃないけど。もしヒマだったら、ちょっと買い物とか、つきあってほしいなって」

「なんだ。なにが足りない。必要なものがあれば、先生、買ってくるぞ」

「いや、足りないっていうか。だめなの、明日？」

「バイトは？」

「休み。だめ、明日？」

「うん……」

言葉こそあいまいに濁したが、北岡の気持ちは明白だったであろう。由衣は「つまんないの」と椅子の背もたれに体重を預け、いじけてカレーを口に運ぶ。

「すまんな。いろいろと忙しくて……」

「じゃあ、夜は泊まっていけない？」

「……えっ」

北岡はギョッとして由衣を見た。由衣はあわてて視線をそらし、眉根に皺をよせて訴えるように言う。

「明日の夜、泊まれないかな。毎日こんなひろい家に一人だと、寂しいよう……」

（由衣……）

もしかして今、この少女は俺に甘えたのかと胸がキュンとなった。

しかし、この「胸キュン」はいささか厄介でもある。股間までもが甘酸っぱくうずいた。すぐにもペニスがムクムクと、一気に硬くなりそうになる。

「いや、そ、それは無理だ」

北岡はあわてて自分をなだめ、模範解答を口にした。

「前に言ったはずだ。いくら保護が目的とはいえ、男の教師が女生徒と同じ家に寝泊まりすることはやっぱりよくない」

「ひと晩中、起きていても？　ずっと話してるだけならいいじゃない」

「そういう問題じゃないんだよ」

必死にすがる由衣に、北岡はため息まじりに即答した。

頼む、俺を困らせないでくれと心中で由衣に哀訴しながら。俺がどれだけ堪えようとしているのか、少しだけでもわかってくれと……。

「つまんない。つまんない、つまんない」

由衣はかわいく、またしても頬をふくらませた。あまりの愛らしさに、今にも自分の鼻の下が、熱したチーズのように伸びてしまいそうなのを北岡は感じる。

「辛抱しなさい。遊ぶためにかくまってやってるわけじゃないぞ」

心を鬼にして、北岡は言った。

「そうだけど……」

由衣は寂しそうに唇を噛み、長い睫毛をそっと伏せる。

それは、思わず抱きしめてやりたくなるキュートな反応だった。北岡はグッと邪念を堪え、今夜も早めに退散したほうがよさそうだと確信した。

「由衣のやつ、女友だちの家に寝泊まりしてるんじゃなかったのか」

そのころ。

暗くなった家のまわりをうろうろしつづける一人の男がいた。

年のころ、五十前後。痩せた体型。着ているものも雰囲気も、いわゆる堅気の人間ではない。

名を、皆野といった。

麻雀荘のやとわれ店長として働く、由衣の母親の内縁の夫だ。

駅前で、偶然由衣を見つけたのだった。バスに乗った彼女に気づかれないようそっと同じバスに乗り、乗降客の多さを味方につけて少女の尾行に成功した。

いきなり姿をくらませた由衣を思って、毎日悶々としつづけてきた。

ともに暮らす女には言えなかったが、思春期の少女のみずみずしい性的魅力は、やはりなにものにも代えがたい。

そんな少女を見つけられたことは、天の配剤に思えた。

こっそりと由衣をつけてここまできた皆野は、彼女に遅れることしばらく、車でやってきた三十代らしき男が同じ家に入っていったことも知っている。

くわしいことはわからなかったが、家には二人しかいない気がした。少なくとも、中から聞こえてくる女の声は、間違いなく由衣のものだけである。

「由衣のやつ、あの男と暮らしてるのか……いったいどういう男なんだ」

闇のなか、手持ち無沙汰にぽつんと立ちつくしながら、皆野は男をいぶかった。

出された表札には「北岡」とある。となるとあの男が北岡で、由衣はあの男とここで暮らしているということか。

「おっ……」

すると突然、由衣と男の声が玄関のほうに近づいてきた。

郊外の住宅街にある一軒家。あまり手入れの行き届いていない庭があり、姿を隠す場所にはことかかない。

皆野は闇を味方につけ、あわててそっと身を隠した。

2

「も、もう帰っちゃうの」

夕飯をすませ、後片づけもそそくさと終えるや、北岡は帰途につこうとした。使わなかったらあとで返せばいいからと言って、追加の金も拒む少女に手渡した。

「ああ。いろいろと忙しくてな」

セカンドバックを持って廊下に出る。玄関に向かいながら、北岡は作り笑いとともに言った。

長居は危険だということは、誰に言われるまでもなくわかっている。ここまで懸命に、いけない激情を抑えつづけている自分を誉めてやりたかった。

「まだ、いいじゃん。もう少し、話しようよ」

よほど孤独を持てあましているのか。由衣は今日も北岡に追いすがり、駄々っ子のようにねだった。

こんなふうに、もう少しいてくれと懇願されるのはいつものこと。だが、へたな情けは無用である。ただでさえややこしくなりかけている今の事態を、ますますこんがらがらせてしまう。

「すまんな。教師は貧乏暇なしなんだ」

北岡はおどけ、玄関の明かりを点けた。三和土《たたき》に降り、スニーカーを履こうとする。

甘ったるい少女の香りに、ふわりと鼻腔《びこう》をくすぐられた。

このアロマは、たぶんシャンプーの芳香であろう。しかしそこには、由衣の香しい体臭も艶めかしくブレンドされている気もする。

「で、でも……」

背後で不満そうな声がした。由衣が小さく「ぅぅ……」とうめく。

「それはそうと、永沢、ちゃんと勉強はしてるのか」

「ぇ……」

履き古したスニーカーに足を入れ、靴紐を結びながら北岡は聞いた。

しかし、由衣は答えない。痛いところをつかれた感じで、背後で身じろぎをする。

「言ったよな。質問があればいくらでも答えてやるし、個人授業だってしてやる。バイトもいいが、せっかく時間があるんだ。遅れを取りもどすには絶好の——」

「だ、だったら、これから勉強見てよ、先生」

北岡の言葉をさえぎって、由衣は訴えた。しかし少女の雰囲気は、北岡を引き留めたくて言っているだけのように思えてならない。

「いや、今日はもう遅い。しっかりと勉強して、わからないところをまとめておきなさい」

「先生……」

「そうしたら、次に来たときに——」

「次じゃいやだよう！」

たのである。

「えっ。あっ……」

北岡はギクッと身をこわばらせた。突然、由衣がうしろから勢いよく抱きついてきたのである。

「な、永沢……」

「帰らないで。帰っちゃいやだ」

堪えに堪えつづけていた、せつない想いを爆発させたかに見えた。

玄関ホールに両膝をついた少女は北岡の身体に細い手をまわし、彼の頭に小顔を押しつけてくる。かわいくわがままな駄々っ子になって、思いの丈を訴える。

「お、おい。ながさ――」

「私、明日が誕生日なの」

「……えっ」

――誕生日。

「十七歳なの。昔からあこがれてた十七歳に、ようやくなるの」

「永沢……」

「先生といたいよう」

訴える声はふるえていた。もしかして、泣いているのだろうか。思いもよらない由衣の訴えに、北岡は不様にとり乱す。

「あ、明日がだめなら今夜は？　今夜、いっしょにいられない？　私、夜中に生まれたの。零時四十五分だって」

「いや……」

「もうすぐなの。誕生日なの。十七歳になる瞬間、私のそばにいてよう」

「永沢……」

「お願い。お願い。一人ぼっちはもういやだ。先生といたい。いたい、いたい」

「あっ……」

由衣の動きは迅速だった。裸足のまま三和土に降りる。すばやく身をかがめると、履きかけだった北岡のスニーカーを、許しも得ずに足の先からむしりとる。

「おい。ああ……」

手をとって引っぱられた。無理やり立たされた北岡は、由衣に引っぱられてリビングルームへともつれこむ。

「おい、永沢――」

「その呼びかた、いやっ」

「えっ。わわっ」

由衣の目には、やはり光るものがあった。美少女は鼻をすすりつつ、革張りの二人がけソファに北岡を突きとばす。

十二畳のリビングはキッチンの隣にあった。

フローリングの床の一部に毛足の長いカーペットが敷かれている。ローテーブルを囲むように、一人がけソファと二人がけソファが並べられていた。

おそらく父の愛人が、自分のセンスで選んだもののはず。父はいつもニコニコと、このソファに座って幸せそうにテレビを見ていた。

「えっ」

「先生、わ、私……先生に由衣って呼んでほしい」

由衣は北岡の前に膝立ちになる。彼の腿に両手をやり、哀願するように言った。

「由衣って呼んで。先生、先生」

「な、なが……」

苗字を呼びかけ、思わずあとの言葉を呑みこむ。涙目で訴えてくる教え子の表情は、今まで見たこともないほど真剣だった。

「せ、先生、私……私——」

「……っ⁉」

由衣はなにごとかを北岡に告げようとした。大きな瞳ににじんだ涙が、ユラユラと艶めかしく揺れる。半開きになった唇がわなわなと絶え間なくふるえていた。

「ううっ……」

だが、言いたいことがどうしても言葉にできないようだった。由衣はそんな自分にいらついたように唇を噛むと、いきなり眼前に立ちあがる。

「あっ。な、ながさ――」

「由衣。由衣なの。先生、私……魅力ない？」

「えっ。あっ、おい……」

北岡はうろたえた。

あろうことか、由衣の細い腕がいきなりクロスされる。ピンクのTシャツの裾をつかむや、思いもよらない大胆さでそれをたくしあげ、細い上半身から脱ぎ捨てる。

「はうう……」

(うおおおっ！)

中から露になったのは、抜けるように白い美肌の上半身だ。細い肢体とは不似合いな巨乳を包んでいるのは、純白のブラジャーである。

レースの縁取りもあでやかな、大きなカップがまるい乳房を締めつけるように包みこんでいた。二つのおっぱいが窮屈そうに肉実をよせ合い、乳の谷間に濃い影を作ってユッサユッサと揺れている。

(ま、まずい。まずい、まずい)

「先生、私、もう大人だよ」

「ええっ」

由衣は一途《いちず》な表情で北岡に訴えてくる。

「だって、もう十七歳だもん。せ、先生……私と……私としたくない?」

「お、おい」

「わ、わわ、私……先生がしたいなら……あ、あげても……あげても——」

「ま、待て。待て、永沢」

「由衣って呼んでよう。由衣って。由衣って」

「ああ……」

由衣はますます感情を昂らせた。Tシャツにつづいてデニムのショートパンツを股間から惜しげもなく脱ぎ捨てようとする。

白い指でボタンをはずした。ファスナーを一気に下ろす。北岡が制止しようと身を乗り出し、片手を伸ばすその前で、可憐な美貌を真っ赤に染めてショートパンツを膝までずり下ろす。

「あぁあ……」

「うおおおっ」

北岡はもう、まともに言葉も出なかった。

そんな彼の視線に羞恥をおぼえるのか。由衣は耳まで真っ赤にし、濡れた瞳をきらめかせながら、ブルーのデニムを脱ぎ捨ててかたわらにほうる。

（ああ、す、すごい）

現出したのは、神が創った神々しいまでにフレッシュでエロチックな半裸だった。

まだ十六歳だという初々しい女体は、完全に大人にはなりきれていない危うさあふれる早春のエロスで、北岡の情欲をあぶるように逆撫でする。

手も脚もすらりと長く、やはり息を呑むほどの色の白さに恵まれていた。

痩せっぽっちで華奢な身体は、あと五年もしたならば、もっと出るところが出て引っこむところが引っこんだ、女らしいナイスボディを完成させることだろう。

だが今はまだ、ボディラインが描く艶めかしい凹凸も、男を挑発するような急カーブのS字は描いていない。

だが、そこがよかった。

この官能味は、女という生き物が一生のうちで今しか出せないイノセントなエロチシズム。大人への入口に立ちながら、同時に子供のようなあどけなさもたたえ、不完全きわまりない肉体のアンバランスに、本人が一番とまどっているようにも思える。

そのくせ乳房の量感だけは、ひと足先に大人になったと自慢するかのような見事さだった。はちきれんばかりのまるみと大きさを健康美とともにアピールし、たっぷたっぷといっときも休むことなく揺れている。

「先生……」

「えっ」

「私……魅力ないかな。ぜんぜん……ぜんぜん興奮しない？」

恥ずかしさのあまり両手をせわしなく動かし、胸や股間を隠してしまいそうだった。しかしそのたび、由衣は自分を必死に抑え、精いっぱいの勇気とともに、北岡の眼前に半裸の肉体をさらしつづけようとする。

「な、永沢……」

「だから、由衣だってばあ」

「わああっ」

とうとう由衣がむしゃぶりついてきた。二人がけのソファに北岡を押したおし、熱烈に彼を抱きしめる。

「お、おい」

「私、そんなに魅力ない？　学校の男の子たち、みんな私のこと、エッチな目をしてギラギラ見るのに。先生は……先生は――」

「あああ……」

グイグイと半裸の肢体を押しつけてくる。由衣の身体は驚くほど熱かった。そのうえ早くもじっとりと湿り、淫靡な汗の存在も色濃く感じさせる。

「永沢……」

「先生にあげる。私をあげる。先生にもらってほしいよう。じゃないと、あんな男に奪われちゃう」

「えっ」

北岡は息を呑んだ。たぶん、皆野という名の母親の男のことを言っているのだろう。

由衣は悲愴に声をふるわせ、せつない想いをぶつけてくる。

「な、ながさ――」

「お願い、そばにいて。先生といたい。いたいよう」

「ああ……」

せつなくあがる体熱と、生々しい肉体の弾力、脳髄をしびれさせる甘ったるい香りをこれでもかとばかりにアピールしながら、由衣は北岡にしがみついた。

（い、いかん。いかん、いかん、いかん）

押しつけられるおっぱいがクッションのようにひしゃげ、得も言われぬ温かみとやわらかさを伝える。由衣は熱い鼻息をもらし、彼の唇を求めようと、目を閉じて朱唇を近づけてくる。

（おおお……）

たまらずペニスがムクムクと一気に硬度を増しそうになった。

北岡にはわかった。自分はこの少女を今にもかき抱きそうになっている。

だが、それは許されないことだ。この少女に本懐を遂げてしまったが最後、自分はもう教師ではいられない。

それに、咲希はどうなる。自分を信じてついてこようとしてくれている、あの罪もない女教師は——。

（これ以上はまずい）

「先生、北岡せん——」

「やめなさい！」

「きゃあああ」

噴出しそうな肉欲を、すんでのところで荒々しい力に変えた。由衣を突きとばす。

バランスを崩した半裸の少女はカーペットの床に転がり落ちた。

北岡はあわててソファから飛び出す。逃げるようにリビングをあとにした。

「先生、先生」

涙に濡れた美少女の悲鳴が、追いすがるように北岡を呼ぶ。

しかし、北岡はふり返らない。半勃ちになったペニスでジーンズの股間をもっこりとふくらませながら、必死に唇を噛みしめて家から闇へと飛び出した。

3

追いかけたくても、下着姿では外にも出られない。

由衣はカーペットの上に悄然とくずおれ、抜け殻のようになって脱力した。

「ばかみたい……」

自分がとってしまったおろかな行動を後悔し、顔から火を噴きそうになる。

隣室で由衣が寝ているというのに、平気で獣の声をあげ、グチョグチョと男との肉ずれ音をひびかせる淫乱な母親のことが脳裏いっぱいに蘇る。

「やっぱり……遺伝子に問題があるんだな、私……」

自虐的につぶやいた。

勇気を出して裸になれば、今度こそ我を忘れて自分の身体を求めてくれるだろうと皮算用をした自分が、ただひたすら滑稽だ。

脱ぎ捨てた衣服を、のろのろとかき集める。

どうやら雨が降り出したらしい。

大粒の雨滴が屋根をたたく、騒々しい音が耳に届いた。

「結局、今年の誕生日も一人ぼっちか」

由衣はどんよりと重苦しい気分になった。今年はまだ梅雨も明けていない。不快な湿気が一気に濃度を高め、半裸の素肌にじっとりとまつわりつきはじめた。

「いや。一人じゃないぞ」

するといきなり、リビングの入口から男の声がした。それは、北岡のものではない。

由衣はギョッとし、あわてて服で胸を隠しながらそちらをふり返る。

（えっ）

フリーズした。悲鳴も出なかった。

こういうときって、悲鳴も出ないものなんだ——なぜだか由衣は他人事のように、心のどこかで思っていた。


胸の鼓動は、なかなかもとに戻らない。

夜の車道を加速しながら、北岡は乱れたままの心を持てあました。

思い出すまいとしても無理だった。

文字どおり、孤独な少女が体当たりでぶつけてきたせつない想いにうたれ、頭が激しく混乱している。

ワイパーを動かすフロントガラスを、大粒の雨が激しくたたく。

——先生にあげる。私をあげる。先生にもらってほしいよう。じゃないと、あんな男に奪われちゃう。

——お願い、そばにいて。先生といたい。いたいよう。

涙まじりで訴えてきた教え子の気持ちに、甘酸っぱく胸を締めつけられた。

自分のように平凡な男に、あんな想いを抱いていてくれた一人ぼっちの少女に、しびれるほどのいとおしさをおぼえた。

しかし、それでも北岡は心のシャッターを閉ざした。妄想の中で由衣を犯すことと、生身の彼女にむしゃぶりついてしまうことは、まったくもって次元が違う。失うものは、あまりにも多かった。こんな情けない男だが、教師という仕事に誇りも愛着も持っている。そう簡単には手放せなかった。

「由衣……由衣……」

思わず何度も、少女の望むかたちで彼女を呼んだ。そのたび度《ど》しがたい激情がマグマのように噴き出してくる。

堪えなければならなかった。押し流されてはならなかった。

北岡は奥歯をグッと噛み、なおもアクセルを踏みこんだ。

「きゃあああ」

(ああ、由衣……由衣！)

燃えあがるような劣情が、皆野を一匹の獣に変えた。あわてて逃げようとした娘に乱暴に襲いかかると、カーペットの床に荒々しく押したおす。

甘い香りがふわっと舞った。太腿の肉がブルブルとふるえ、ブラジャーに包まれたいやらしい乳房がたゆんたゆんと派手に躍る。

「は、放して。放してよ。大声、出すよ」

下着姿の少女は、渾身の力でバタバタと暴れた。だが、そんなふうに抵抗されればされるほど、股間の猛りはますます不穏にいきり勃つ。

この娘に対し、チャンスがあればしたかったあんなことやこんなことが、どれもこれも実際にこの場でしないではいられなくなってくる。

「出したかったら、出せ。誰も来てくれやしないぞ。もちろん、あの男も。ウヒヒヒヒ。俺のかわいい小悪魔ちゃんよ」

「いやあああ」

引きちぎるかのような横暴さで、由衣の胸からブラジャーをむしりとった。

ブルンとダイナミックにはずみながら、夢にまで見たみずみずしいおっぱいが皆野の眼前にさらされる。

「おお、こいつはたまらん！」

ピチピチした白い肌に、由衣はほんのりと汗の微粒をにじませていた。

この年ごろの少女ならではの甘ったるい体臭に、汗の甘みが絶妙にブレンドされた、香しいアロマはまさに媚薬のようである。

「ひゃあああ」

暴れる少女を強引に仰向けにした。体重を乗せて覆いかぶさる。獲物に食らいつく鷲のように、美少女の乳房を乱暴につかんだ。

「おお、この感触。こわばったチチの手触りが最高だぞ、由衣」

「いや、放して。放してよ。ああああ」

……もにゅもにゅ。もにゅもにゅもにゅ。

「くうぅ、やっぱりたまらん。女子高生の生チチは最高だぜ。ククク」

「いや。いやああ……うーうーうー」

グニグニと、皆野はねちっこい指づかいでおっぱいを揉みしだき、心の趣くままに変形させた。年齢を重ねた大人の女の乳房とはまったく異なる初々しい触感に、我知らず興奮の鳥肌が立つ。

あと数時間で十七歳になる少女の乳房は、その未熟な手触りで皆野の指をうっとりと楽しませた。揉めば揉むほどさらに淫靡な張りを増し、ギリギリと食いこむ彼の指を弾力的に押し返す。

「はうぅ、も、揉まないで。揉まないでって言ってるの」

由衣はその目に涙をあふれさせながら、必死に両手を突っぱらせた。

皆野を押しのけようとする。だがそんなふうにいやがられると、よけいどす黒いサディズムが増した。

「クク。揉まれるのはいやか。嘘をつくな、由衣」

「えっ、ええっ」

「あいつの娘なんだ。おまえにだって確実に、淫乱の血は流れているはずだぞ」

生臭い吐息を少女の美貌に吐きかけて、皆野は黄ばんだ歯を剝き出しにした。そんな母親の男の失礼な物言いに、由衣は反駁する。

「な、なにを言っているの。私はそんな——」

「おらおら。こんなふうにされるとたまんねぇんじゃねえのか」

いきどおる少女をあざ笑うかのようだった。皆野はいきなり片房の頂に、性急な動作でむしゃぶりつく。


「きゃあああ」

(い、いやだ、私ったら。なんて声を)

強引に乳首に吸いつかれ、由衣は思わず声を跳ねあげた。

自分のはしたなさに恥じらいをおぼえながらも、感じてしまった耽美な電撃に、ますます激しくうろたえる。

「クク。やっぱり感じるか。そうだよな。あの淫乱女の娘だもんな」

皆野はしてやったりとほくそ笑むかのようだった。

なおももにゅもにゅといやらしい手つきで少女の乳をまさぐりながら、舌を躍らせネチネチと、ピンクの乳首を吸ったり舐めたり転がしたりする。

……ピチャピチャ。ねろん、レロレロ。

「あっあっ。あっあっあっ。ちょ……い、いやだ。舐めないで。やめてよう」

(やめて、感じないで。いやだ、なにこれ。なんなの、これええぇ)

由衣はバタバタと四肢を暴れさせ、皆野の拘束から逃れようとしながらも、乳首からはじける思いもよらない快感に浮き足立った。

舌でねろんと舐められるたび、甘酸っぱい気持ちよさが火花のようにひらめく。

チュウチュウと品のない音を立てて吸引されると、責めなぶられる乳首ばかりか、もう一つの乳首までもがいっしょにうずいた。

「あっあっ。あああ、ちょ……い、いやだ。あああ。ああああああ」

どうだどうだとあおられるかのように、乱暴な舌遣いで何度も乳首を転がされた。

そのたび神経でつながった股のつけ根のはしたないアソコが、さらに強烈にキュンとうずいてものほしそうに蠢動する。

(いやだ、なにこれ。ど、どうしてこんなに感じちゃうの)

「気持ちいいんだな、由衣。しかも、感じる部分も母親といっしょだなんて、親子っていうのはおもしろいな」

「な、なにを……なにを言っているの──」

「この乳首の根元、右側あたり……ここにこんな感じで舌を擦りつけられると……」

皆野はニヤニヤと下品な笑みを浮かべながら、しつこく一点集中でペロペロと勃起乳首を舐めたおす。

「あああ。ああああ。ちょ……やめて。やめてってば。アアァン」

「おお、エロい声をあげるじゃねえか。おら、もっと感じろ。もっと狂え。好色な淫売の娘は、しょせん好色な淫売だ。我慢なんてできっこねえ。感じたくなくても死ぬほど感じちまうのが、おまえたち親子のいやらしい身体なんだよ。んっんっ……」

「ああん、いやあ。あああああ。うああああ」

(いやだ、こんな声……わ、私じゃない。こんなの私じゃ、ああぁ……)

皆野は乳首を舐め、吸い立て、転がすことを、いっときだってやめてくれなかった。

右の乳首から左の乳首、ふたたび逆へ、また逆へと、執拗なまでにしゃぶる乳芽を変えながら、反対側の乳首を嗜虐的に指で擦りたおし、いやらしくしこった少女の快感スポットを我が物顔で蹂躙する。

（ヒィィン。い、いやだ……どうして。どうしてえええ）

母親の男がくり出してくるねちっこい責めに抗《あらが》いながら、由衣は心で悲鳴をあげた。いやなのに。こんな男に乳を揉まれ、乳首を舐められたり転がされたりするだなんて、死ぬよりつらい拷問なのに――。

（か、感じちゃう！　いやだ、感じたくない。感じたくないよおおっ）

「クク。スケベな女だ。こんなに乳首をビンビンに勃起させやがって。うり」

「きゃん」

「うり、うり」

「きゃん、きゃん。ああ、やめ――」

「うり」

「きゃあああん」

あざ笑うかのように乳首を擦りたおされ、そのたび卑猥な声をもらしてしまう。なぶられる乳首は皆野の言うとおり、どうしようもないほど硬くしこり勃っていた。

サディスティックにあやされるたび、甘酸っぱい電撃が火花のようにまたたく。

信じられないほど強烈な快美が湧き、乳で生まれた恍惚がすぐさま股間へと突き抜けて、今度はそこをジュワンとさせる。

（いやあ。ち、違う。こんなの私じゃ……こんなの私じゃ――）

「クク。ガキのくせにこんなに感じやがって。どら、こっちはどうだ」

（えっ）

皆野はしてやったりという下卑た顔つきになった。黄ばんだ汚い歯を剝き出しにし、ニマニマと笑う。いきなり由衣の身体をすっと股間まで移動した。

「いやだ。いやだいやだやいだ」

なんの性的経験もない少女にだって、次にどんなことをされようとしているのかはいやでもわかる。

たまらず声を引きつらせた。

案の定、皆野は由衣のパンティをつかみ、力任せに股間からずり下ろそうとする。

由衣はあわてて両手を伸ばした。むしられかけた下着を細い指につかむ。

「おら、手を放せ」

「いやだ。いやいや、いやあ。やめて。やめてって言ってるの。いやあああ」

脱がせたい皆野と、そうはさせじと逆方向に力を入れる由衣。

犠牲になった白い布がミシッと悲痛な裂け音をひびかせた。どんなに由衣が歯を食いしばっても、力の差は歴然だった。

4

（いやだ。脱がさないで。パ、パンツ……引っぱらないでえええ）

由衣は心で悲鳴をあげた。

あんたなんかに脱がされたくて買った下着じゃないの。先生のために買ったの。先生に興奮してもらいたくて。あんたの鼻息を荒げさせるために買ったんじゃ――。

……ミシッ、ミシミシッ。
（ハッ）
「おらあああ」

「きゃあああ」

今にも本当に裂けてしまいそうな物音に、思わずひるんだときだった。そんな少女の虚をついて、ついに皆野は由衣の股間から三角形の布をずり下ろす。

――ズルズルズルッ！

「いやあああ」

「ぎゃはは、こいつはすげえ。おまえ、こんな剛毛マ×コだったんだな」

パンティを下降させ、露になった秘丘に熱烈な視線を注ぎながら、皆野は興奮した声をうわずらせる。

「い、いや。見ないで。見ないでって言ってるの。見るなあああ」

由衣は遠ざかるパンティを追って必死に上体を起こし、手を伸ばした。

だが、どんなに両脚をばたつかせても、皆野の蛮行は食い止められない。とうとう二つの足首から完全にパンティを脱がされた。

もはや由衣は、完全に素っ裸だ。生まれてはじめて男性の前に、恥ずかしい裸身をすべてさらした。

その相手が、やはり皆野だっただなんて。寝苦しさにかられて深夜に目を覚ましたら、布団のかたわらに膝立ちになり、息を荒げてペニスをしごいていた、鳥肌が立つほど気持ちの悪い男だっただなんて。

「クク。ばか。女の身体っていうのはな、男にジロジロ見られるためにあるんだよ」

興奮のあまり、皆野の声にはさらに野卑な劣情がにじみ出していた。

暴れる由衣の両脚をうっとうしそうにふり払い、二本の足首にガッシと力任せに指を食いこませる。

「おら。見せろ。ボーボーとすっげえ毛の生えた、女子高生様のエロマ×コをよ」

「きゃあああ」

（あああ、いやだ。いやだいやだいやだ！）

どんなに力を入れて暴れても、無駄な抵抗だった。

由衣はカッと顔が熱く火照る。

おしめを替える赤ん坊のように、二つ折りの体勢にされた。

しかも皆野はそれだけでなく、キュッとくびれた由衣の足首を、さらに雄々しい力でつかむ。情けも容赦もない大胆さで、すらりと細い両脚を身も蓋もない下品なガニ股開きにさせた。

「いやあああ」

「ギャッハハハ。すんげえガニ股。おまえみたいにすました女をこんなガニ股にさせると、やっぱメチャメチャ興奮するな」

顔から火が噴いているのではないかと由衣は思った。それぐらい、彼女の顔はとんでもない熱を発してヒリヒリとうずいている。

（ああ、恥ずかしい……恥ずかしい！）

ヤケドしてしまいそうに熱い視線を、なにがあっても隠さなければならない股のつけ根に感じた。こんな恥ずかしい格好を、皆野になんか絶対に見られたくはない。

恐怖と恥辱に支配され、今にも身体がふるえそうになった。

先生、助けて。北岡先生、助けてようと、涙声で叫びたい。

それなのに――。

「ウッヒヒヒ。おぉおぉ、マ×コもスケベだ。おら、こんなふうにされると、もうとろけちまうだろ」

（えっ）

……ねろん。

「きゃあああ」

ヌメヌメとした生ぬるいものが、突然ワレメに擦りつけられた。

そのとたん、お腹の一番下のほうが粘るように重くなり、空恐ろしいほどの気持ちよさが、稲妻さながらに裸の身体を突き抜ける。

（な、なに、今の……なに今のおおおっ）

「ヒヒヒ。気持ちいいだろう、由衣。やっぱマ×コも淫乱だ。知ってるよな。おまえのスケベなカーチャンも、ここをこうされると、すんげえ獣になるんだよ」

皆野はもはや勝ちほこった顔つきだった。

なおも暴れる由衣の内腿に、浅黒い指を食いこませた。淫らに昂るその顔をさらに赤黒く火照らせて、血走った目をギラギラさせ、いよいよ本格的に由衣の淫肉に舌を這わせ出す。

……ピチャピチャ。れろん。ネロネロ。

「あああああ」

またしても、しぶくような電流が股間から脳へ、四肢の隅々へと駆け抜けた。由衣は背すじをU字にたわめ、思いもよらない快感に両目を剝いて慄然とする。

(ああ、なにこれ。なにこれ、なにこれえええええ)

「気持ちいいだろ、由衣。おら、カーチャンみたいに変な声でよがって見せろよ。聞いたことあるだろ、おまえも。あのすっげえ声。男みたいなズシリとひびく変な声」

……れろれろれろ。ピチャピチャ、ピチャ。

「あああ。あああああ。ちょ……やめて。な、舐めないで。そんなとこ、そんなに舐めないでえええ」

「ヒャヒャヒャヒャ。心にもないことを。ここだろ。おまえもこのマ×コの入口んところをこんなふうに舐められると……」

そう言うと、皆野はざらつく生ぬるい舌で、膣穴のとば口のあたりをネロネロとさかんに舐めて刺激する。

「ヒイイイ。ああ、いやだ。やめて。ああ、ちょっと待って……あああああ」

自分で自分が信じられなかった。ネチネチとしたいやらしい舐めかたで、敏感な部分を重点的にしゃぶられる。

あまりのおぞましさに、くり返し背すじに鳥肌が立った。

舐めているのが皆野だと思うと、今にも胃の中にあるものがせりあがってきそうになる。

それなのに、なんだこの気持ちよさは。なんなのだ、私のこの声は。

「あああああ。うあああああ」

「おお、いい声になってきたな。もう少しでカーチャンだ。知ってるだろ、由衣。おまえのカーチャンのすさまじいよがり声」

「い、いや……」

……ピチャピチャピチャ。

「あああああ」

「ちがーう。おまえのカーチャンはこうだぞ……おおおおう」

「い、いやあああ」

皆野はなおも熱烈なクンニリングスで少女の恥肉を舐めしゃぶった。

そうしながら、由衣にも耳におぼえのある、浅ましい母のよがり声をそっくりそのまま口にする。

「な。こうだよな。恥も外聞もねえってのはあのことだ。外では気取った顔してるくせに、俺にマ×コをこんなふうに舐められると……」

……ピチャ。れろれろ。ねろん。

「ああああああ」

（か、感じちゃう。いやだ、どうしてこんなに感じるの。こんな私、いや。いやあああ）

「違う。おおおおう、だ。そうだろ、由衣。おまえもカーチャンみたいによがれよ。同じ淫乱の遺伝子でつながってんだ。かわいい顔して、おまえだってひと皮剝けば……」

「ああああ。いや。いやあ、やめて。うあああああ」

まさに怒濤の勢いで、恥ずかしい牝肉を舐められた。

そのたび由衣は堪えきれず、汗ばむ裸身をビクン、ビクンと痙攣させる。信じられない快感に絶望的な戦慄をおぼえる。

（き、気持ちいい。こんなのいやなのに……どうしてなの。ああ、どうして。気持ち

いい……気持ちいいよおおおう）

「あああ。あああああ」

「ヒヒヒ。いい声だ。もうちょっとでカーチャンみたいな声になりそうだな。でも、それまで待てなくなっちまったぜ」

（えっ……）

いつの間にか不覚にも、身も心もとろんととろけてきてしまっていた。

そんな少女の不意をつくように、いきなり皆野は穿いていたズボンを下着ごと脱ぎ捨てようとする。

（いやあああ！）

それだけはなにがあっても絶対にいやだと、それまでと違う戦慄が走る。

由衣はあわてて身体を起こそうとした。だが——。

「おら、おとなしくしてろ」

「あああああ」

またしても、皆野に媚肉をひと舐めされる。それだけで、失神しそうな電撃が秘割れから脳へと駆け抜けて、脳味噌がドロリと型崩れする。

（ああ、私……私って女は——）

「ウヒヒヒヒ」

皆野はもはや勝利の美酒に酔いしれているような顔つきだった。

黄ばんだ汚い歯を剝き出しにして笑いつつ、脱ぎかけだったズボンと下着を完全に足首から蹴散らそうとする。

と――。

「きさまあああっ」

そのときだった。突然、獰猛な吠え声がリビングの入口から飛びこんできた。

（あっ）

由衣は目を見開いた。思わず瞳が一気に潤み、目の前の景色が涙ににじむ。

「うおおおおっ」

「――ぶっほおおおっ！」

駆けこんできたのは北岡だった。

見たこともないほど、その顔は怒りにふるえている。

北岡の拳がうなりをあげて大気を裂いた。

皆野が不様な声をあげ、ボロ雑巾のようにフローリングの床に吹っ飛んだ。

第六章　教え子と地獄に堕ちる夜

1

——もはや、ほかに方法はない。

北岡は覚悟を決めた。もしかしたら最初から、こうするしかない運命だったのかもしれないと、今さらのように思う。

「……先生」

「えっ」

「ここ……なんだけど」

毒々しい明かりが入り乱れる、路地裏のネオン街。

表通りにある店とはたたずまいの違う、安っぽさあふれる小料理屋やスナック、アダルトグッズショップなどがところせましと軒を連ねている。

そんな店の一軒を、少女は緊張した様子で指さした。

由衣が示すのは、おんぼろな建物で営業をしている小さな居酒屋だ。店の前に出された電飾スタンドには「ゆい」という店名が色っぽい筆文字で書かれている。

「私の名前じゃないよ」

じっとスタンドを見つめる北岡に、とまどったように由衣は言った。

二人はそれぞれの傘で激しい雨をしのいでいる。

「……うん？」

「お母さんがクラブに勤めていたときの……なんて言うんだっけ、源氏名？ 思い入れのある名前だったんだって。だからそれを、自分で出したお店の名前にして」

「娘の名前にもしたと……」

北岡がつぶやくように言うと、由衣は小さくうなずいた。

傘の中から心配そうに、チラッと北岡を見つめてくる。その表情には「本当にいいの、先生？」と問いかけてでもいるかのような、うれしさと不安が交錯した、いじらしい気持ちが見てとれる。

こうなったら母親と直談判《じかだんぱん》をし、責任を持ってこの娘を預かると宣言するしかないと、北岡は腹をくくった。

見つかってしまった以上、もはや実家に由衣を置いてはおけなかったし、一人きりにもさせられない。怒りにかられたあの男が、今度はどんな手で報復に出るか、わかったものではなかった。

皆野は床に頭を打ちつけ、幸運にも失神してくれた。そんな皆野を尻目に、北岡は由衣に制服を着せ、雨の降る闇へとふたたび飛び出したのである。

戻ってはだめだと心で悲鳴をあげながらも、実家に戻ったのだった。そこで期せずして出くわしたのが、由衣が皆野に犯されようとしている場面だったというわけだ。

まさに、不幸中の幸いだった。

素っ裸のまま、泣きながら抱きついてきた由衣のせつない身体の火照りと、その子供のような号泣ぶりに、北岡の気持ちは固まった。

自分のアパートに連れていこう——そう決心した。

それ以外に方法はなかった。学校にばれたら大問題に発展することは間違いない。だが北岡には、学校や咲希に救いを求める選択肢はなかった。

もう、なにも恐れなどするものか。

このかわいい少女を、誰はばかることなく思いきり抱きしめてやりたかった。

そして、二人で暮らすのだ。ずっと互いにそばにいるのだ。そうやって彼女の成長を見守りながら、ひと足先に歳をとり、老いさらばえていければそれでいい。

北岡はそう決意し、とにかく母親と話をしなければと、由衣に案内をさせてここまでやってきたのである。

「よし。じゃあ、行くか」

やはり、いささか緊張した。ひとつ大きく深呼吸をして、店の引き戸に近づいていく。

「先生……」

そんな北岡に傘をさしたまま由衣が駆けよった。

「ほんとに……ほんとにいいの？」

「えっ……」

「私なんかを……ほんとにいっしょにいさせてくれるの？」

瞳を潤ませての問いかけは、甘酸っぱい想いに充ち満ちていた。たおやかな柳眉を八の字にたわめ、一途な気持ちを剝き出しにして、真摯に北岡を見あげている。

「俺なんかでよければな」

北岡は自嘲的に笑って由衣を見た。

ウルッときたらしい大きな目が、ますますユラユラとかわいく揺れる。

「帰りに……パジャマ買ってくぞ。先生のアパート、実家みたいにいろいろとあるわけじゃないからな」

そう言うと、由衣は顔を隠すようにうつむいた。その目から次々と涙があふれ、雨で濡れる地面にポタポタと落ちていく。

「さあ、行くぞ」

もう一度、深々と呼吸をした。

由衣は両手で涙を拭《ぬぐ》い、必死に嗚咽を堪えながら「うん」とかわいくうなずいた。

2

「いらっしゃ——おや、由衣」

引き戸を開けるなり聞こえてきたのは、母親の明るい声だった。

いつものことだが、今夜もかなり酔っている。正直、北岡に見られるのはちょっとばかり恥ずかしい。

（先生……やっぱり、メチャメチャ緊張してる）

あとから入ってきた北岡は、母を見るなり、よけい表情をこわばらせた。ぎこちない動きでぎくしゃくと、たたんだ傘を傘立てに入れようとする。

L字のカウンターがあるきりの、古くて狭い店だった。七人か、八人も座ればすぐに満席になってしまう。

どこか崩れた、だらしない雰囲気があるのは昔からだった。母の性格なのかもしれない。店にいる客は、カウンターの一番奥でワイワイと話す、会社帰りらしい中年サラリーマンの二人連れだけだ。

たった今まで、カウンターごしに二人と話をしていたらしい母が、焼酎の水割りが入っているグラスを手に、カウンターの中を移動してくる。

（ごめんね、先生）

見るからに硬くなっている北岡を見あげ、由衣は心で詫びた。北岡と並んで立ち、彼と同じようにとくとくと心臓を脈打たせながら母を見る。

「こちらのかたが……先生かい、由衣」

度を超えた酒のせいで、すでに呂律は怪しくなっていた。ニコニコと色っぽく笑いながら、母は物珍しそうに北岡を見る。

（お母さん、やめて、その目つき）

いたたまれない気持ちになり、由衣は唇を嚙んだ。

北岡を観察する母の目つきは、まさに「値踏み」という言いかたが正しい。文字どおり、頭のてっぺんから爪先まで、興味津々な様子でねっとりとチェックをしていく。

ありえないことに、北岡の股間まですばやくチラッと一瞥した。

いつもの母だといえば、いつものことだった。

北岡といっしょにいられることになるのならと、しかたなく腹をくくった儀式のようなものだったが、母に北岡を紹介するのは、じつはまったく本意ではない。

北岡を押したおし、強引にズボンを脱がせようとしている母の姿を想像すると、頭をかかえて叫び出しそうな気分になる。

「さあどうぞ、先生。ビール？　生中でいいかい？」

母親は媚びた仕草で、客たちがいるのと正反対の、入口に近い席を勧めた。

「あっ。い、いや……えっと……」

北岡はこわばった表情で返事をしようとする。由衣は「えっ」と息を呑んだ。北岡の身体は小刻みにふるえている。

（し、しっかり。先生、しっかり）

「く……車で来ていますので、お酒はちょっと」

やがて、ようやく北岡は言った。由衣の母親に勧められるまま、緊張した様子で椅子に座る。

「おや、そうかい。残念だね。先生と飲めると思って、楽しみにしてたのに」

母はそう言って、煙草で黄ばんだ歯をこぼした。

由衣は北岡の隣に座る。

娘から見ても、母は妖艶さを感じさせる笑顔と仕草、肉体の持ち主だった。

歳こそとってはいるものの、界隈では色っぽく美しい女将と評判の名物店主。キツネを思わせる和風の美貌と、年齢のわりにはなかなかなスタイルのよさにも恵まれている。

明るい栗色に染めた髪が、今夜も艶やかなウエーブを描いて、肩のあたりで毛先を躍らせた。

メイクが濃い目なのはいつものこと。唇にも毒々しい紅が塗られている。

そんな母親の蠱惑的な色香が、由衣のたいせつな人にこれでもかとばかりにふりまかれることに、少女はいても立ってもいられない気分になった。

ことここに至る大枠のことは、すでに電話で伝えている。短いやりとりではあったものの、北岡も電話で母にあいさつをすませていた。

「えっと……お名前、なんでしたっけね。あっ、ウーロン茶でいいかい」

カウンターの向こうに立った母は、商売用の笑顔を絶やさずに北岡に聞いた。

「あ、は、はい。それでけっこうです。あっ……えっと、わ、私……私は――」

申し訳なくなるほど硬くなったまま、北岡は改めて名乗ろうとした。

しかし、次の言葉はなかなか出てこない。由衣はそんな彼の背中をさすってやりたい気持ちになる。

「き……北岡と、申します……」

表情をこわばらせたまま、北岡はようやく言った。

「北岡先生……ああ、そういえばそんな名前だったね」

北岡の言葉を反復し、微笑んだまま母はじっと彼を見た。

その眉間に、わずかに皺ができる。

目を細めた。口もとからすっと笑みが消える。

それでもまだなお、母は北岡を見た。

「あ、あの……あのね、お母さん」

北岡は、事前の想像とはあまりにも違う萎縮ぶりだった。そんな彼に申し訳なさをおぼえながら、由衣は自分で話を進めようとした。

「あの人……来たの。私がかくまってもらってた、北岡先生の実家に」

「そうらしいね」

ウーロン茶をグラスに注ぎ、北岡の前に置きながら、他人事のように母は言った。

「おまえ……あいつとそういう関係だったのかい」

「そ、そんなわけないでしょ」

焼酎をグイッとあおりながら母に問われ、思わず声が大きくなった。

しかし最奥のサラリーマンたちは、我関せずという感じで酒を酌み交わし、負けじと大声で誰かの悪口を言っている。

「お母さん……私、もう家には帰らない」

悲壮な決意は、とっくに固めてあった。これは今まで育ててくれた母への別れの言葉のつもりでもある。

「ふーん」

「せ、先生の、アパートで暮らさせてもらう」

「だって……またあいつが来たらどうすんだい」

腹を痛めて産んだ娘がせつない覚悟とともに口にした言葉だというのに、母親は相変わらず、どこか他人事のような調子で由衣に聞いた。

「違うってば。今まで泊めさせてもらっていたのは、先生の実家なの」

「実家……」

そう言って、母は北岡に目を向けた。北岡は硬い顔つきのまま、グラスのウーロン茶をグイッと飲む。

「だからもう、そこには戻れない。今日からは……先生が暮らしている、学校のそばのアパートでいっしょに暮らさせてもらうの」

それでいいんだよね、先生、と問いかけるように、由衣は北岡を見た。

だが北岡は、由衣のほうを見てもくれない。

心なしかその顔は、先ほどより青ざめて見えた。

(先生……？)

「結婚してるのかい、先生」

そんな北岡に、母は聞いた。

「……いえ」

うつむいたまま、北岡は答える。

「ってことは……この娘と二人暮らしをするってことになるんだけど」

「そ、そうだよ」

母の口調に難詰するような気配を感じ、由衣はあわてて間に入った。

「まさか……もう股を開いたのかい、この人に」

すると母は、険しい顔つきになって今度は由衣を問いつめる。

「な、なに言ってるの」

「開いたのか、股」

「開いてないよ」

まだ今のところは。でも私は、それでもいいと思ってるよ——そう言いたい気持ちを、すんでのところで堪えた。

なんだか変な雰囲気だ。想像していた展開とは、かなり隔たりがある。

娘のことなどどうなってもいいと、考えているような母だとずっと思って生きてきた。だから、このいかにも母親らしい心配ぶりは、いささか新鮮な発見ではある。

「だけど……男と女が二人きりで過ごすようになるってことは、おまえはこの人とセックスをすることになってもいいって思ってるってことだよな」

「お、お母さん……」

そんなに興奮しなくてもと、由衣は奥の客を気にした。

たしかに二人のサラリーマンは、色をなしたかに思える女将の声に気圧されたようになる。だが、店に張りつめた変な空気をあわてて消そうとするかのように、中年男たちはまたしても、ワイワイと悪口に興じようとした。

どうやら女将の娘らしいと、興味津々な視線をチラチラとこちらに向けながら。

「わかったかい、先生」

焼酎をあおると、母は北岡をにらんだ。北岡の顔は蒼白になっている。わなわなと唇をふるわせ、必死になにかに堪えていた。

「あの、先生……？」

見るからに異常な北岡に、由衣は不安になった。

どうしたの、先生。どうしてなにも言ってくれないの――そう訴えたい気持ちを押し殺し、隣に座る北岡の横顔を見る。

「あんたがしようとしてたことは、とんでもないことだったんだ。よかったね、取り返しのつかないことになる前にわかってさ」

母は不機嫌な調子でまくし立てた。

「あの……な、なんのこと」

母の態度にも言葉にも、鋭利な棘が一気に露になってきていた。とまどった由衣はパニックになりながらも、必死に北岡をかばおうとする。

「北岡先生のなにが気にいらないの。すごく素敵な人だよ」

「そういう問題じゃないんだよ」

由衣の訴えを母親は一蹴した。そんな母に、少女はなおも言葉をつづける。

「私に手を出そうとしたことなんて一度もないよ。まじめで、やさしくて、我慢強くて、こんな先生……ううん、こんな男性、めったに――」

「そういう問題じゃないって言ってんだよ！」

怒りをたたきつけるような声だった。今度こそ奥の男たちも、ドン引きしたように息を呑む。

「どうすんだい」

挑むかのような物言いだ。酔いで濁った目で、あろうことか母親は北岡をにらむ。

「ちょ、ちょっと……お母さん」

由衣はあわてた。どうして北岡がこんなふうにすごまれなければならないのだ。少なくとも今の今まで、北岡は母にうしろめたさを感じなければならないことなど、ただのひとつもしていない。

由衣は母を制止しようと、身を乗り出して言った。

「ねぇ、お母さん、ちょっと私の話——」

「どうすんだい、秀樹」

「……えっ」

——秀樹……先生の名前。

変だな。先生、下の名前なんて、まだ一度も母さんに名乗っていない。

というか……どうして呼び捨て？

由衣はうろたえた。ピンと張りつめた緊張が、母と北岡の間にみなぎった。

「大きくなったじゃないか」

母はじっと北岡を見て言った。

由衣はようやく気づいた。今夜の母は、すごくとり乱している。

「名前を聞いたとき、まさかねって思ったんだけどさ。こんなかたちで会うことになるとはね」

酒臭い息を吐いて母は言った。

北岡は顔をあげ、そんな母を——にらみ返した。

由衣の背すじを戦慄が駆けあがる。どす黒い、不気味な闇の向こうから、思いもよらない真実が一気に飛び出してきそうな恐怖をおぼえる。

「とにかくまあ、そういうことさ」

にらんでくる北岡を、軽くいなして母は言った。

「おまえが好きになったこの娘は、なにがあろうと絶対に選んじゃいけない女だったってことだよ」

「…………」

北岡の顔に絶望が見えた。母もだった。

由衣は今にも叫び出しそうになった。

少女のたった一人の肉親――永沢加寿子は北岡を見つめ、途方に暮れた表情になった。

3

咲希は、今にもとり乱してしまいそうだった。

なんなの、この展開は。なんなの、この私への、神さまの残酷な仕打ちは。

「わかりました……」

それでも必死に自分をつくろい、咲希は教師であろうとした。

目の前には、担任として指導する少女がいる。そんな少女をかたわらに置き、彼女が自分の恋人だと信じようとした男は、恥も外聞もなく土下座をつづけている。

あまりのショックに、笑ってしまいそうだった。

北岡と由衣が、血のつながった兄と妹？

そんなこととはつゆとも知らず、北岡は由衣を、ずっと実家にかくまっていたですって？

私に内緒で？　会えばセックスばかりして、肝腎なことはずっと黙ったまま？

ほんとは私ではなくこの少女を愛していたことを、私に隠したまま会えばあんなことやこんなこと……いやらしい乳くり合いを、平気でずっとしてきたの？

「…………」

土下座をする北岡から、咲希は由衣へと視線を移した。

咲希のアパートの、小さなリビングルーム。屋根や窓をたたく雨音は、変わることなく激しいままだ。

テーブルの向こうに座ったまま、由衣は力なくうなだれていた。先ほどからずっと放心状態だ。うつろに見開かれた瞳は、まさに「魚が死んだような」という形容がふさわしかった。色白な美肌を持つ娘だが、今は白いというよりその肌は青ざめている。

「すまない、咲希……む、村井先生」

顔をあげ、すがるような声で北岡は言った。彼の顔にもショックの名残が哀れになるぐらい色濃くとどまったままである。

「こんなこと頼める人間じゃないなんてことは、もちろん百も承知なんだ。でも、俺じゃなくて……自分の教え子を助けるつもりで――」

「だから、わかりましたってば、北岡先生」

今にも爆発しそうになる気持ちを必死に堪え、咲希は作り笑いをこしらえた。ぜんぜん、うまくいかなかった。でも、こんなふうに笑ってみせようとする自分を彼女は誉めてやりたい。

突然由衣と訪ねてくるなり、北岡は耳を疑うような告白をあれもこれもとした。そして、今日から由衣をこの家に寝泊まりさせてほしいと頼みこんできたのである。

少女が暮らす家を正式に借りられるまでの間でかまわない。なるべく早く段取りをととのえ、必ず由衣を向かえにくるからそれまでなんとか頼むと乞われ、咲希は開いた口がふさがらなかった。

こんなひどい男、今まで見たことがない。

出逢ってからずっと、淡い想いを抱きながら生きてきた。ようやく恋人になれたと思ったときの天にも昇る気持ちは、今でも昨日のことのようにおぼえている。

それなのに、この男は。今日を限りに、もう完全におさらばである。

だが、それと教え子の苦境は別。言いたいことは山ほどあったが、担任として、なにがあろうと由衣だけは守ってやらねばならなかった。

「ご心配なく。私はこの子の担任です。できるだけのことは、言われなくてもするつもりです」

穏やかな笑顔で、咲希は言った。

よし、いいぞ。よく言えた——咲希は心の中でパチパチと手をたたいた。

なにがあろうと、とり乱したりなんかするものか。

こんなひどい男を前に、そんなことは絶対にしてやらない。笑いながら、涼しい顔で別れてやる。こんな男だと早めにわかっただけ、ラッキーだったではないか。

「す、すまない」

申し訳なさそうに、もう一度北岡は平身低頭した。この家に入ってから一度として、この年の離れた兄妹は、互いに目を合わせていなかった。

「わかりました。あとのことは任せてください」

咲希は穏やかに笑って北岡に言った。そんな咲希の脳裏に、いつだったか北岡とセックスをしたときのことが思い出される。

——おお、由衣、俺も気持ちいい。

北岡はそう叫びながら、咲希の腹の底にどぴゅどぴゅと灼熱のたぎりをぶちまけたのであった。

わかっていたのに、はめようとしなかったパズルのピースが今ようやく埋まった。

咲希はまたしても笑いそうになった。

ブルブルとふるえてしまう自分の身体を、彼女は必死に押さえつづけた。

4

部屋に戻ってくるなり、電話が鳴った。

液晶画面には、美和の名前が表示されている。

北岡はどんよりとした気分のまま、電話に出た。

——なんかあった？

二言三言しゃべっただけで、異変に気づいたようである。美和は心配そうに声をひそめ、北岡に問いかけた。

「いや……別に……」

——咲希さんは、いるの。いっしょ？

「えっ……」

なにも知らない美和は的はずれなことを聞いた。北岡はなんと答えたらいいものか途方に暮れ、言葉を探しあぐねる。

——お酒、飲もうか、ヒデちゃん。

ひょっとして、なにかを察したのかもしれない。やがて、陽気さを装って美和が誘ってくる。だが、北岡はため息をついた。

「何時だと思ってんだよ」

——いいじゃない。じつは話したいこともあるし、あらためていろいろとお礼もしたいしさ。ねえ、これから行ってもいい？

「疲れてんだよ」

——なに飲む、途中で買っていくから？

美和は明るく聞いた。これからいっしょに飲むことはすでに決定事項だとでも言うかのように、うれしそうにする。

「……セックスはしない」

――当たり前じゃない。怒られちゃうわ。いっしょにいるだけ。いいでしょ、それなら。

「美和――」

――いっしょにいたいの。いいわよね。じゃあ、行くから。ビールとか買ってく。

美和はそう言って電話を切った。北岡はため息をつき、キッチンから奥の部屋へと移動すると、ため息まじりにベッドに腰をかけた。

「………」

信じられない展開に、身も心もついていけなかった。まさか由衣と自分の物語に、こんなどんでん返しの結末が待っていただなんて。

「由衣……」

その名を呼ぶと、目頭が熱くなる。

咲希のアパートへと車を走らせる道すがら、ずっとしゃくりあげていた少女の横顔を思い出すと、胸を締めつけられるような思いがつのる。

自分の母親――加寿子のことをこれほど憎いと思ったことはなかった。北岡を捨てて突然いなくなったときだって、今ほどの憎悪は抱かなかった。

「由衣……由衣……!」

両手で身体をかき抱いた。涙があふれ出し、喉の奥から嗚咽がせりあがってくる。北岡はふるえた。噛みしめた唇から「うーうー」とうめきがもれてくる。

そのときだった。突然、玄関のチャイムが鳴る。

（……はあ？）

すでに日付が変わりそうな時刻である。

美和とはまだ電話を切ったばかり。彼女が到着したはずはない。

薄気味悪く思いながら、玄関に向かった。鼻をすすり、涙を拭い、よそ行きの表情をこしらえる。

雨はまだまだ激しいままだった。北岡は内鍵を開け、ノブをまわしてドアを開けた。

「あっ」

「先生、先生」

廊下にいたのは由衣だった。制服姿の美少女は全身濡れねずみ。ぐっしょりと黒髪も濡れて、白い小顔に貼りついている。

制服の薄い布が、雨に濡れてべっとりと細い肢体に吸いついていた。胸もとに透けて見えるのは、Ｆカップの白いブラジャーだ。

愛らしいレースの縁取りまでもが、くっきりとブラウスに浮きあがっていた。

たわわな乳房がたぷたぷと、濡れたブラウスと下着を道連れにしてエロチックに揺れ、北岡をあおる。

「先生、会いたかった。会いたかったよう」

由衣は愛くるしい美貌をくしゃくしゃにして泣いていた。両手をひろげ、号泣しながら北岡に甘えるようにむしゃぶりついてくる。

「おおお……」

「あーん。苦しいよう。苦しいよう」

「くぅぅ……」

濡れた身体に不意をつかれた。

雨のせいで、肌のおもてがひんやりと冷たく湿っている。だが、その内側は驚くほど熱かった。生きている。この子は生きて、こうして激しく訴えている――そう思うと、身体の奥から甘酸っぱくも獰猛なものが噴き出してくる。

(もう、だめだ)

北岡は獣になった。

妹と二枚ひと組の地獄行き切符を、悪魔の手から荒々しく奪いとる。

「先生、私、会いたくて。北岡先生に会いたくて」

由衣は泣きながら北岡に抱きつき、せつなく熱い激情をまるごと彼にぶつけてくる。脚をふり、ローファーを脱ぎ捨てた。濃紺のハイソックスに包まれた脚の先が、キッチンの床と擦れてキュッキュと音を立てる。

そんな彼女の勢いに押され、北岡はあとずさった。ふるえる腕で少女を受け止め、もう一度力の限り抱きすくめる。

「来ちゃったか」

「来ちゃった。会いたかったんだもん。先生は。ねえ、先生は。ああぁ……」

いとしい美少女と二人、もつれ合うようにベッドに倒れこんだ。二人分の体重と勢いをまともに受け止めたベッドがきしみ、ギシギシと不穏な音を立てる。

「いけないかな。私、いけないことしてるかな」

涙に濡れた顔で由衣は訴えた。

彼女の言いたいことは痛いほどよくわかる。思いは北岡もまったく同じだ。

だが、もうどうしようもなかった。

どうしようもないということは、本当にこの世にはあるのである。

堕ちていくしかなかった。決してしてはいけないことを、このかわいい少女と——血のつながった妹とするよりほか、もはや北岡の未来はない。

「い、いけないこと、するよ、由衣」

「ああ……」

ずぶ濡れの少女をベッドに仰臥させた。雨に濡れた黒髪が、額や頬、白い首すじにべっとりと貼りついている。そんな北岡を、由衣は目を見開いて見た。大きな瞳から、さらなる涙が泉のようにこんこんとあふれてくる。

「やっと……呼んでくれた……」

「えっ……」

「うれしいよう。先生、うれしいよう。ごめんね、あの人の娘で。ごめんね、先生の妹で」

「おお、由衣、由衣っ」

「ンムウゥゥ……」

……ピチャピチャ。ねろん。ちゅう、ちゅぱ。

これほどまでに狂おしく、女の唇を求めたことがあっただろうか。

北岡は文字どおり、妹の朱唇にふるいついた。あまりに激しい勢いに、由衣の上唇が卑猥にめくれ、きれいな白い歯が無残なまでに剝き出しになる。

「先生、んっんっ……」

由衣は泣きながら、あらためて北岡の首に手をまわした。自分からも熱く、ぐいぐいと朱唇を押しつけて彼の口を狂おしく吸う。

「むんぅ、由衣、おおお……」

口と口とを押しつけ合い、それだけでは収まらず、舌同士の戯れ合いにまでエスカレートした。

十六歳の美少女は、可憐な美貌が崩れてしまうのもいとわず、血のつながった兄に求められるまま舌をさし出し、ネチョネチョ、ネチョネチョ、またネチョネチョと、いやらしくねちっこい舌の擦り合いに耽溺する。

「ムハァア、先生……か、感じちゃう……恥ずかしいけど、感じちゃうよう……」

「由衣、俺もだ。どうしよう。俺、メチャメチャ興奮してる」

とろけるようなベロチューの快感は、はっきり言ってほかの女とは桁違いだった。いとおしさをひた隠しにしつづけた、念願の少女とのベロチューだからだろうか。それともそこに近親相姦などという、思いもよらないタブーまでもが加わってしまったからなのか。

「はぁはぁ……はぁはぁはぁ……」

「あぁん、とろけちゃう……恥ずかしいけど、とろけちゃう……」

「むんう、由衣、んっんっ……」

舌と舌とが擦れ合うたび、耽美な電撃が股間をうずかせた。

ペニスはもう、おとなしくなどしていられない。

ムクムクと一気に反り返り、母の遺伝子でつながったじつの妹と子供を作る、禁忌な行為へとどうしようもなくいきり勃つ。

「あああ、先生……き、嫌いに……ならないで……」

「えっ……」

北岡から首をすくめて小顔を離し、おびえた顔つきで由衣は言った。二人の唇の間には、ねっとりと生々しい唾液のブリッジがかかっている。

「由衣……」

「わ、私……すごく感じやすいみたいなの。知らなかったけど……お母さんに似ちゃったの。私、お母さんと同じ……淫乱……淫乱な――」

「恥ずかしがることなんてない」

「あああ……」

北岡は由衣の濡れた制服を脱がせていく。たっぷりの雨が染みこんで肌に吸いつくブラウスは、思いのほか重かった。

恥ずかしそうにしながらも、由衣はいやがらない。

脱がされにきたのだ。裸になるために飛びこんできたのだ。いやらしいことを二人して、汗まみれになってするために雨の中を駆けてきたのだ。

「そんなこと言うなら俺も天性のドスケベさ。俺にもおまえと同じ血が流れてる」

「先生……」

少女の肌から濡れた服を脱がせながら、北岡は言った。

由衣が言いたいことは痛いほどわかる。おそらく彼女がその事実を知ったのが、先ほど皆野に犯されようとしたときであろうことも。

自分は忌むべき母親とよく似た、好色痴女の血が流れる女——そのことを皆野の責めで突きつけられた由衣は、北岡とのはじめての行為にうっとりとしながらも、同時に激しくおびえていた。

「我慢しなくていいんだ、由衣。俺は、いやらしいおまえにあんなことやこんなことがしてみたい」

「せ、先生、はあぁアン……」

制服につづいて純白の下着も、ブラジャー、つづいてパンティと、湿った女体からむしりとった。

ＬＥＤライトの白い光に露になった青い果実のような裸身は、ミドルティーンの少女ならではの硬質なエロスを、むせ返るほどアピールする。

壊れやすいガラス細工を思わせる繊細さと、生々しい官能味が絶妙の塩梅《あんばい》でブレンドされていた。手脚の長さもスタイルのよさも、たぷたぷと揺れるおっぱいのいやらしさも、すべてが今この時季ならではの有限な魅力をたたえている。

小玉スイカさながらの乳房は、ピンクの乳首をつんと勃起させていた。股間のデルタ地帯には、いやらしい剛毛がもっさりとダイナミックに生えている。

「なあ、いやらしいことしていいか」

思わず鼻息が荒くなった。

性急な動作で、自分もまた服を脱ぎながら北岡は聞く。

上着を脱ぎ、ボクサーパンツごとズボンを脱げば、ようやくラクになったとばかりに、雄々しい巨根が天に向かって亀頭の拳を突きあげる。

「はうぅ、せ、先生……あああ……」

思いもよらない男根の巨大さに、由衣が目を白黒させた。

だが、そのことを話題にできる余裕はない。少女につづいて素っ裸になった北岡は、仰臥させた美少女に熱く覆いかぶさっていく。

「なあ、いやらしいことしてもいいか。いいか、由衣」

「はあああ」

許しも得ず、少女のうなじに吸いついた。

チュッチュと狂おしく何度も接吻し、舌を突き出してレロレロと舐める。

5

「あああぁ。あぁン、先生……か、感じちゃぅぅ……」

「いやらしいことしていいか」

「し、して。先生、して。いやらしいこと私にして。私なんかでいいんなら、いやらしいこといっぱいして。なにもかも……なにもかも忘れさせて！」

「おお、由衣、由衣っ」

……ちゅうちゅう。ちゅぱ。れろん、れろれろ。

「はぁぁん。あっあああぁ」

「舐めてやる。おまえの身体、いっぱい舐めてやる。なあ、舐めてもいいか」

「舐めて。先生、舐めて」

くすぐったいのか、それとも早くもそうとうに感じ出したのか。

好色を友とすることを運命づけられた美少女は、怒濤の勢いでくり出される北岡の責めに首をすくめ、くなくなと裸身をくねらせて、一匹のかわいい淫蛇になる。

「マ×コもか」

そんな由衣に、燃えあがるような痴情を感じながら北岡は聞いた。

涎でベチョベチョに穢したようなじとは反対側の首すじにも、同じようにねろねろと唾液を塗りたくり、しつこく舌を這わせてキスをする。

「はぁぁん、先生、あっあっ。ああああ」

「言いなさい。マ×コも舐められたいか」

「先生、私、恥ずかしい。あぁぁん」

少女の裸身は先ほどまでより、さらに熱を増しはじめていた。

しっとりと雨で湿っていた白い美肌を、発熱でもしたかのような淫靡な熱が、少しずつ、また少しずつ、エロチックな薄桃色に火照らせていく。

「由衣、マ×コも舐められたいか」

「先生、恥ずかしい。恥ずかしいよう」

「マ×コも舐められたいか」

「な、舐められたい。先生、私、舐められたい」

「尻の穴もだな。いやらしい尻の穴も、ペロペロ舐められたいんだな」

「あああぁ。先生、私、興奮してきちゃったよおおう」

「おお、由衣！」

……ピチャピチャピチャ。

「はぁぁぁん。ああああぁ」

しつこいほどの舐め責めを、北岡はいっそうエスカレートさせた。

細い首すじをたっぷりの唾液でネチョネチョにするや、か細いながらもまるい肩に、いとおしさを全開にしてチュッチュと接吻する。

肩から二の腕、前腕へと、ゆっくりと場所をずらしてキスをした。舌でもネロネロ、ネロネロと、ピチピチした肌を一心に舐める。

「あああ。な、なにこれ……ああン、感じちゃう。先生、感じちゃうンン」

「はぁはぁ。由衣、んっんっ」

艶めかしく火が点いたらしい由衣の身体は、早くも全身が淫らな性感帯へと変質しはじめていた。

北岡が唇を押しつけるたび、ビクン、ビクンと派手に裸身を痙攣させる。

そんな自分の恥ずかしい反応にうろたえつつも、由衣は茹だるような官能を、もはやどうにも堪えられない。

「はぁはぁ。はぁはぁはぁ」

肉厚朱唇からあふれ出す声は、尻あがりに切迫の度を増した。

眉間にセクシーな皺をよせ、柳眉を八の字にたわめる。恥ずかしそうに北岡を見返しながらも、その目をドロリと妖しく濁らせる。

「はぁぁァン、先生……ああ、そんなとこまで……」

「ああ、うまい。うまい、うまい。んっんっ……」

「あああああ」

細い腕を先端まで舐めしゃぶった北岡は、由衣の白く細い指を一本一本舐めはじめた。まさかそんなことまでしてもらえるとは思ってもいなかったのか、北岡が指を口に含んで愛情たっぷりに舐めてみせると、泣きそうな、困ったような顔をして、色っぽく裸身をくねらせながら少女は言う。

「先生、気持ちいいよう」

「指を舐められるの、気持ちいいだろう。おまえの身体、どこもかしこも性感帯だしな。んっんっ……」

「あああああ。気持ちいいよう。幸せだよう。ああ、先生が指まで。私の指まで……」

「指だけじゃないぞ」

「きゃあああああ」

五本の美しい指を涎まみれに穢しつくすや、北岡はさらなるターゲットへと矛先を変えた。妖しい快感にうっとりと、腑抜けのようになる由衣の虚をつく。二本の手首をギュッとにぎるや、いきなり腕をあげさせて両の腋窩《えきか》を露にさせる。

「おお、由衣の腋の下だ。腋毛、しっかり剃っているんだな、由衣」

「せ、先生……」

「つるつるじゃないか。ああ、でもよく見ると、腋毛の先がちょっとだけ見える」

「ああああああ」

少女を羞恥地獄に突き落としながら、剝き出しの腋の下にむしゃぶりついた。

そのとたん、由衣は強い電気でも流されたかのように、若鮎さながらに薄桃色の裸身を跳ね躍らせる。

「だめ。先生、そこはだめ。私、くすぐったがり屋で——あああああ」

……れろれろ、れろん。ピチャピチャ、ねろん。

「あああ。いやだ、くすぐったいよう。あははは。あははははは」

「はぁはぁ。おお、由衣、腋の下、いい匂いがする……はぁはぁ……デオドラントと、おまえの腋の下の甘い匂いがミックスして……」

「いやだ。いやだ。そんなこと言わないで。恥ずかしい。あはは。恥ずかしいよう。あははは。いやああ、おしっこもれちゃう。もれちゃう、もれちゃう。あははは」

右の腋窩から左の腋窩、つづけてまたしても右の腋窩と、責め立てる腋の下をしつこいほどに変え、狂おしい勢いで舌を擦りつけた。

ふだんは決してさらされることのない淫靡な肉の丘陵が、艶めかしい稜線を北岡の視線に惜しげもなくさらす。突き出した舌でネロネロと嗜虐的に舐め立てれば、由衣は子供のようにキャーキャーとはしゃぎ——。

「あはは。あははは」

かわいい笑い声を爆発させて、右へ左へと身をよじる。

「おお、いやらしい。せっかくきれいにしたのに、ここに毛が飛び出してきてる」

わざと辱めるようなことを言いながら、エロチックな肉の丘に飛び出すわずかな毛先を、からかうようにペロペロと舐めた。

「いやああ。そんなこと言わないで。恥ずかしい。あはは……あは、ああああ。あああ。あああああ」

「おお、由衣、はぁはぁはぁ」

執拗な舐め責めで腋窩を蹂躪され、いよいよ由衣の喉からは、笑い声のかわりに、生々しいあえぎ声がほとばしりはじめた。

「あああ。あああああ。先生、先生、あああああ」

「感じるか、由衣。腋の下、感じるか」

本格的にとり乱し、裸の身体を派手にのたうたせる美少女に、北岡もまたいちだんと燃えあがる。いやがって暴れる二本の手をなおも万歳の格好にさせ、敏感な腋の下をねちっこく舌でピチャピチャと舐めしゃぶった。

「ああン、感じる。先生、感じちゃう。あああああ」

「オマ×コ、濡れてきたか」

「先生、もういやあああ」

「オマ×コ、濡れてきたか」

「濡れてるよう。もう、とっくに濡れてるよう。ああ、気持ちいい。感じちゃう。感じちゃうンンン。ど、どうして……恥ずかしいことばかり――」

「決まってるだろ。おまえがかわいくてかわいくて、どうしようもないからさ」

「はあああ」

舐めたいところは山ほどあった。だが、もはや北岡にも余裕がなくなってきてしまっている。

火照りを増した少女の女体を、すべるように下降した。

北岡が体重を乗せたまま擦ったせいで、秘丘を彩るマングローブの森は、縮れた黒い毛をパンチパーマのようにそそけ立たせている。

「あぁん、先生、はあぁぁん」

恥ずかしそうに暴れる両脚をすくいあげ、身も蓋もないガニ股ポーズにさせた。

孤独な影を宿した美しい少女と下品なガニ股の組み合わせは、脳髄が火を噴きそうな猥褻さだ。

しかも——。

「ああ、由衣、とうとう見ることができた。おまえのマ×コ。俺の、妹のマ×コ！」

「あぁ、いやあぁ……はぁはぁはぁ……！」

歓喜にむせぶ北岡の眼下には、なにひとつ遮るもののない状態で、由衣のもっとも恥ずかしい部分が露になっていた。

かてて加えて言うならば、いまだバージンなはずの由衣のそこは、早くもとんでもないことになっている。

黒々と、いやらしく生え茂る縮れ毛が、白い秘丘をびっしりと覆っていた。

そんな豪快な陰毛の下に、ぱっくりと口を開けた初々しい肉貝が、ヌメヌメとした粘膜を露出している。艶めかしい愛蜜を、湧き出る泉のようにたたえていた。好色そうな粘膜は、目にも鮮やかな紅鮭色を見せつける。

活きのいい鮭をストンと切り落とした断面を見せられているかのようだった。

生々しい、旬のエロスをにじませたぐっしょり粘膜が、見られることを恥じらうようにヒクン、ヒクンと蠢動する。

「あぁん、先生……」

「違うだろう、由衣。違うだろう」

「あっあああぁ」

オアシスの水にふるいつく、旅人さながらの性急さだった。

北岡は、暴れる美少女の細い脚を大胆なM字に拘束したまま、剛毛繁茂に彩られた鮮烈な裂け肉に吸いついた。

突き出した舌で勢いよく粘膜をえぐれば、それだけで由衣はとり乱した声をあげ、背すじを反らしてビクビクと裸身を痙攣させる。

「はあぁぁん。はっあああぁん」

「おお、由衣、はぁはぁ……すごい濡れてるぞ。どうだ。どうだ、どうだ」

……ピチャピチャ、ピチャ。

「うあああ。ああああああ。ああ、いやだ、恥ずかしい……先生、恥ずかしい！」

「違う。先生じゃないだろう。さっきもこうされたか。こうやってあいつにオマ×コ、ペロペロ舐められたか。んっんっ……」

皆野へのジェラシーさえもが苛烈な情欲の薪になっていた。白い内腿に食いこむ指にも、我知らずギリギリと、サディスティックな力がこもる。

「ハァァアン。な、舐められた……舐められちゃったよう。あんなやつになんか舐められたくなかったのに……あっあっあっ、私はずっと……先生のものになりたかったのにィ。あっはあああぁ」

「違う。先生じゃない。わかるだろう、由衣」

北岡はなおも訴えた。

「はううぅ……」

彼が言わんとしていることは、由衣にもわかっているはずだ。

潤んだ瞳がユラユラと揺れる。少女がその言葉を口にすると同時に、二人の前には開いてはならない禁断の世界が現出する。

「あああ。うあああああ」

「行くぞ、由衣、違う世界に。それが俺たちの宿命だ。俺たちは……こうなる定めだったんだ。んっんっ……」

「ハアアァ。か、感じちゃう。ああ、困るよう。私、おかしくなっちゃうの。こんなことされると、ほんとにおかしくなっちゃうのおお」

めったやたらに舌を跳ねあげ、ぬめるワレメを熱烈にこじれば、由衣はいちだんと激しく悶え、とり乱した声で北岡に甘える。

「おかしくなりなさい。さあ、やるぞ、由衣。セックスだ。セックスをするぞ。ち×ぽとマ×コを、クチュクチュ、クチュクチュ擦り合わせるんだ」

「ああ、感じちゃう。すごく感じちゃうンン。あっあっあっ。あああああ」

少女の喉からほとばしる声は、ガチンコのとまどいに満ちていた。

白い首すじがあだっぽく引きつる。右へ左へとかぶりをふり、濡れた黒髪を派手に躍らせた。あんぐりと唇を開けて叫ぶその官能的な姿は、男のサディズムを刺激する茹だるような嗜虐美を横溢させる。

6

「気持ちいいか、由衣」

「き、気持ちいい。気持ちいいよう。あああああ」

かわいい少女は、恥ずかしい牝粘膜を舐められる耽美な悦びに、身も世もなく狂乱した。サーモンピンクの裂け目からは、新たな蜜がブチュブチュと、搾り出される果汁のように泡立ちながら湧いてくる。

甘酸っぱさいっぱいのうしろめたい匂いが、北岡の鼻腔にじわりと染みた。

股間の肉棹がさらに激しくいきり勃ち、ビビンと天を向いたまま、上へ下へと鹿威しのようにしなる。

「はぁはぁ……ゆ、由衣、オマ×コ気持ちいいか」

北岡は聞いた。しつこく聞いた。すると、由衣は素直に答える。

「ああン、オマ×コ気持ちいい。オマ×コ、気持ちいい。あああ。うあああああ」

ギュッと閉じた瞼から、糸を引いて涙が飛びちった。由衣は両手でシーツをつかみ、今にも引き裂いてしまいそうなほど、それらを引っぱってつっぱらせる。

「これからどんなことをするか、わかっているか」

「わかってる。わかってる。ハアァァ」

「いいんだよな。ほんとに俺と行ってくれるな」

「あぁ……」

北岡は上体を起こし、いよいよ挿入の体勢をととのえた。

由衣の局所ににじりより、あわただしく場所を決める。下腹部にくっつきそうなほど反り返る、どす黒い肉棒を手にとって角度を変えた。

「あぁん。せ、せん……」

たぶん、先生と言いかけたのだろう。

つづく言葉を呑みこんで、潤んだ瞳で北岡を見る。

ぽってりと肉厚の朱唇は、先ほどから半開きになったままだ。熱い吐息をはぁはぁともらし、いかにも苦しげに乳を揺らして火照った肢体をのたうたせる。

「いいんだな、由衣」

「はあぁ」

念を押すように言うや、亀頭でラビアをかき分けた。膣穴のとば口に鈴口を擦りつけ、グチョグチョ、ニチャニチャと粘膜の蜜をかきまわす。

「あっあっあっ。はぁぁん。ああああ。あああああ」

もう、それだけで激しい快さが駆け抜けるようだった。

堪えかねたように背を浮かせ、尻をふり、男を知らない処女とも思えない感じかたで、獣の悦びに耽溺する。

「由衣、ち×ぽ挿れていいんだな」

「ああ、い、挿れて。私を大人にして。お、お……」

「——っ!?」

「お兄ちゃん！」

（ああああ……）

とうとう由衣は北岡を「お兄ちゃん」と呼んだ。

禁断の扉が、今、開いた。

もうとっくに開いていたのには違いないが、北岡ははっきりと、地獄に堕ちていく自分たち二人を自覚した。

「おお、由衣……由衣っ」

「きゃっ」

北岡は万感の思いとともに腰を突き出した。

亀頭を膣穴に押しこもうと、グイッ、グイッと腰をしゃくる。

しかし、思ったようには進まない。思わず力んだ由衣の抵抗で、膣圧が増しているのかもしれない。

「ゆ、由衣、力、抜いて」

「……えっ」

指摘されてはじめて、自分がガチンガチンに硬くなっていたことに気づいたようだ。可憐な美貌を真っ赤に火照らせたキュートな少女は、虚をつかれたような表情になる。

「力を抜くんだ。ち×ぽ、入らないよ……」

「はうう……ご、ごめんなさい……ううっ……」

いくら好色な血筋とはいえ、女子高生の処女なのだ。このときばかりはどうしても、やはり恐怖が勝るのだろう
見れば肉厚の唇を、わなわなと小刻みにふるわせていた。

北岡の指摘を受け、必死に緊張をとこうとする。ふう、ふうと、大きく何度も息をつき、全身にみなぎらせていたこわばりを、意志の力でほぐそうとする。

(今だ——)

「おお、由衣」

「あっ」

——ヌプッ！

「あああ」

北岡はググッと腰を突き出した。そのとたん、ついに亀頭が膣路をこじ開け、ヌメヌメと温かな粘膜の壺に飛びこんでいく。

「ハアァァン、お、お兄ちゃん……」

「うお、これは……狭い！」

——ヌプヌプッ！

「ああああ」

——ヌプッ！　ヌプヌプヌプッ！

「あああああ。ひうう、お兄ちゃん……」

「おおお、由衣……」

とうとうペニスは少女の膣内を、奥へ、奥へと進んでいく。

想像していたよりはるかに狭隘な胎路に怒張をすべらせ、少しずつ、また少しずつ、最深部へと勃起を沈め、美少女の裸身に覆いかぶさる。

「ううう。い、痛い……」

「あっ……」

極太を受け入れた由衣の喉から悲痛な訴えがもれた。北岡は思わず腰の動きを止め、まずかったかと思いながら由衣の表情をたしかめようとした。

「い、いいの。痛くない。痛くない」

すると、由衣はあわてて前言を撤回しようとする。たじろぐ北岡におもねるように両手をひろげて抱きついてくる。

「ゆ、由衣……」

「痛くない。いいの。痛くてもいいの」

駄々っ子のように、身体を揺さぶって由衣は叫んだ。

「でも……」

「挿れて。お兄ちゃん、ぜんぶ挿れて。私のオマ×コ、お兄ちゃんのものだよう」

北岡がなおもとまどうと、由衣はさらに強くしがみついてくる。

挿れて、挿れてとねだるかのように、自らぎこちなく腰を動かし、さらに深い結合を恥じらいながら求めてくる。

「由衣……」

「もっと、お兄ちゃんのものにして。もっと、深くまできて。い、一生忘れられない、今夜だけの痛さ、私にちょうだい。十六歳のうちに……奥まで突いてえぇぇ」

「うお、うおおお……」

……ヌプッ。ヌプヌプヌプヌプッ！

「うあああ」

とうとう北岡は根元まで、あまさず男根を少女の腹の底に沈めた。

やはり、そうとう痛いのであろう。由衣は唇を嚙みしめて声がもれないようにしながらも、痛みに美貌をせつなくゆがめ、そんな自分の表情を北岡に見られまいと顔をそむける。

「い、痛いか」

ペニスを強烈に締めつける膣洞の感触に恍惚としながら、北岡は聞いた。

なんだ、この気持ちのいい淫肉は。どうしてこんなに絶え間なく、ウネウネと波うっては男の猛りを絞りこもうとするのだ。

（まずい）

気を抜けば、すぐにも暴発してしまいそうだった。北岡はあわてて肛門をすぼめ、こみあげそうになる射精衝動を気合いを総動員して回避する。

（おおお……）

「ああ……あああ……お兄、ちゃん……」

ようやくぐったりと、身も心も弛緩させせられたようである。

由衣はうっとりと、涙に濡れた目で北岡を見た。

いや、妹の瞳を濡らしているのは、もはや涙だけではない。性器でつながった兄を見あげる瞳には、ねっとりと艶めかしい好色な潤みも見てとれる。

7

「痛いか、由衣」

北岡はもう一度聞いた。

「い、いいの。痛くてもいいの」

自分の蜜壺が、大の男をあわてふためかせているだなどとは夢にも思っていないようである。由衣は眉間に皺をよせ、処女を散らした鈍い痛みと戦いながら、気丈な態度で北岡に言った。

「私……しょせんエッチな女だもん」

「由衣……」

「ねえ、動いて」

「えっ」

「動いて。お兄ちゃんが動いてくれたら、こんなのすぐになんでもなくなる」

「由衣……」

なんてかわいいことを言うのだろうと、北岡は胸を締めつけられた。温かな粘膜に絞りこまれた極太が、たまらずビクンと雄々しくふるえる。

「あン、感じる。お兄ちゃんのち×ちん……やっぱり、すごく奥まで届いてる」

言いながら、由衣の瞳から涙があふれた。透明なしずくが目の脇を伝い、髪の生えぎわに吸いこまれていく。

「ああ、由衣……」

「うれしいよう。幸せだよう。私、とうとう……お兄ちゃんのものになれたんだね」

「おお、由衣……由衣！」

「ひはっ」

……バツン、バツン。

「ああぁ、い、いたッ……痛くない。痛くないもん！」

「くうぅ、由衣、どうしよう。俺はおまえがかわいくてたまらない」

「あああ。うあああああ」

こんな動きかたをすれば痛いに決まっているとわかっていた。しかし北岡は裸の少女をかき抱き、獰猛に腰をしゃくって前へうしろへと男根をピストンさせる。

……ぐぢゅる。ぬぢゅる。

「うあっ。うああ。うああああ」

「ゆ、由衣……？」

明らかに、由衣の喉からあふれ出す声の音色がみるみる変わった。

恐怖と痛みにふるえていた、あどけない少女はどこへやら。あっという間にとり乱し、痴女に生まれた悦びを誰はばかることなく露にする。

「うああ、お兄ちゃん、お兄ちゃあああん。ああああああ」

「由衣、おまえ――」

「ああ、なにこれ。いやだ、恥ずかしい。お兄ちゃん、なにこれえええ。アソコが変だよう。変だよう。うあああああ」

「はぁはぁ。はぁはぁはぁ」

少女を新たな恐怖へと引きずりこんだのは、やはりピチピチした好色な肉体だった。

（由衣が感じてきた。おお、これは……）

北岡は息を乱して腰をしゃくった。膣奥深くまで亀頭でグリッとえぐっては、ヌメヌメした膣ヒダを掻きむしりながら戻ってくる。

「あああ。ああああああ」

そんな北岡の抜き差しに、由衣はあられもない声をあげた。恐い、恐いとでも言うかのように、必死になって北岡にしがみついてくる。そのくせ北岡に擦りつけられる十六歳の素肌はすでにじっとりと淫靡な汗をにじませている。

（いや、もう十七歳か……）

北岡はちらっと時計を見た。

たしか、零時四十五分だかに産まれたと由衣は言っていた。

まさに今、時計の針はその時刻をさしている。

「由衣、誕生日おめでとう」

カクカクと腰をふってうずく亀頭を膣ヒダに擦りつけながら、由衣の耳に口を押しつけた。情欲をくすぐるような、秘密めいた囁き声で言う。

「うあああ。お、お兄ちゃん」

「零時四十五分だ。よかったのかな。おまえ、俺のち×ぽをマ×コに咥えこんだまま、あこがれの十七歳に――」

「うおおおお」

そう囁いたとたん、由衣は完全に獣になった。

ああ、ではなく、おおお。しかも、その声はズシリと低い。

つい最近も、北岡は久しぶりにこんな声を聞いた。美和の吠え声だった。

だが彼をいっそうほの暗く、うしろめたい思いにさせるのは、由衣のよがり声が母である加寿子の卑猥な声にも聞こえてしまうからである。

きっと母も、こんないやらしい声をあげて男たちに抱かれてきたのだ——そう思うと、妬心と興奮は何十倍にも増し、燃えあがるような痴情にかられてしまう。

（お袋……）

加寿子は北岡を許さないだろう。由衣のことも許すまい。

だが、自分は加寿子から娘を奪って自分のものにする。

その強引で禁忌な行為が、子供のころに失った母への屈折した追慕にもなっていることに気づいて、北岡は今にも叫びそうになる。

「おお、由衣、由衣！」

……バツン、バツン、バツン！

「おおおう。おおおおう」

しゃくる動きで腰をふり、吐精寸前の肉棒を膣奥深くまで突き入れた。

亀頭とヒダヒダが擦れるたび、甘酸っぱい快美が火花を散らす。ペニスばかりか脳髄までもがキュンと官能のうずきを放ち、毒々しいピンク色へと茹だってふやけ、煮すぎた豆腐のように型崩れする。

「おおおう。お兄ちゃん、お兄ちゃん」

「はぁはぁはぁ」

「ハアアァン」

北岡は、ユッサユッサといやらしく揺れるおっぱいを十本の指で鷲づかみにした。

由衣の豊満な乳肉は、この年ごろの少女ならではのほぐれきらないこわばりに満ち、そのうえ揉めば揉むほどに、さらなる張りを増してくる。

「くうぅ、由衣、いやらしい。乳首、こんなにもビンビンにさせて。んっ……」

「おおおおう」

もにゅもにゅと乳を揉みながら、汗をにじませる片房の頂にむしゃぶりついた。

甘味十分のサクランボのようにキュッとしこったピンクの乳首を、ねろん、ねろんと舐めあげては、上下の歯を使って甘噛みまでする。

「おおおう。お兄ちゃん、気持ちいい。気持ちいいよう。ああ、しびれちゃうンン」

ついさっきまで処女だったことが信じられないようなよがりぶりだった。

ズンズンと膣奥深くまで怒張でえぐりこまれながら、由衣は自らもぎこちなく腰をしゃくり、いっそう激しく亀頭にヒダ肉を擦りつけてくる。

「おお、由衣!」

それは、なんと品のない行為だったか。まだ十七歳になったばかりだというのに、グッグッと沸騰する痴女の血が、美少女を浅ましい獣へとおとしめる。

だが、浅ましければ浅ましいほど、どうしようもなく興奮するのがセックスだ。北岡はフンフンと鼻息を荒げ、うしろめたい悦びに恍惚とする。

「由衣、たまらない。ああ、たまらん」

「おおおおお」

もにゅもにゅと、サディスティックに乳房を揉みこんだ。

指で作った筒の中から、搾り出されるゼリーのように薄桃色の乳肉がふにゅりと艶めかしくくびり出される。唾液まみれの乳首が惨めなまでに伸張した。長細くなった乳首の側面を、ビンビン、ビビンと舐めはじけば——。

「おおおおう。あああ、気持ちいい。乳首もアソコも気持ちいいの。おおおおう」

由衣は狂ったようにかぶりをふり、痴女ならではの強烈な快感を謳歌する。

一気に裸身から汗の玉が噴き出した。あんぐりと開いた口からは、あちらへこちらへと粘つく涎が糸を引いて飛びちる。

「はぁはぁ……ゆ、由衣、マ×コ気持ちいいか」

乳房から手を放し、もう一度由衣の耳朶に口をよせた。汗ばむ少女の裸身と北岡の身体が擦れ合い、ニチャニチャと生々しい粘着音をひびかせる。

「あああ。み、耳もとで囁かないで。感じちゃう。それだけで感じちゃうンン」

そんな北岡の秘めやかな責めに、由衣はもう半狂乱だ。体重を乗せた北岡の身体の下で激しく暴れ、今にも兄をふり落としてしまいそうである。

「マ×コ、気持ちいいか」

それでも北岡は必死になって体重を乗せた。少女の耳もとでいやらしく囁く。

「うあああ。お兄ちゃん、興奮しちゃう。もっと、もっと、おかしくなっちゃう」

「マ×コ、気持ちいいか」

「嫌いにならないで。嫌いにならないで。ああ、私……私――!?」

「マ×コ、気持ちいいか」

「き、気持ちいいよう。マ×コ、気持ちいい。ああ、マ×コ気持ちいい。あああ、エッチなこと言うと、もっと気持ちよくなっちゃう。なに、これ。なに、これええええ」

本気でとまどい、苦悶しながらも、たぎる痴女の血は沸騰を止められない。泡立ちながら煮こまれる好色な赤い血が、日ごろはクールで孤独な少女をさらにとんでもない獣に変える。

「由衣、はぁはぁ。ち×ぽ、気持ちいいんだな」

「ち、ち×ぽ気持ちいい。お兄ちゃんのち×ぽ、気持ちいいよう。どうしてこんなに気持ちいいの。お兄ちゃんのち×ぽだから？　お兄ちゃんに抱かれているから？」

「試してみるか、ほかの男で」

「いやあああ。いじわる、言わないで。私はお兄ちゃんの女……お兄ちゃんのうあああああああ。ああ、感じちゃう。奥までおっきいち×ぽ、いっぱいくるンンン」

「おお、由衣、はぁはぁはぁ」

二人そろって最後の瞬間が近づいてきたようである。北岡は汗を噴き出させる妹の女体に渾身の力でしがみつき、ヌルッ、ヌルッと肌と肌とをすべらせながら、いよいよペニスの抜き差しを狂ったようにエスカレートさせる。

――パンパンパン！　パンパンパンパンパン！

「おおおお。うおおおおお。ああ、オマ×コ気持ちいい。マ×コいいよう。マ×コいいよう。ち×ぽがズボズボ奥まできて。おおおおおう」

「はぁはぁ……由衣、由衣！」

北岡は上体を起こし、体勢を変えようとした。肌と肌との間に汗の粘糸が無数に伸び、甘ったるい香りが湯気のように沸き返る。

「うあああああ」

すらりと長い由衣の両脚をかかえあげた。目にするだけで血が騒ぐ、下品なガニ股のポーズにさせる。ズッポリと極太を食いしめた肉穴からは、破瓜《はか》の鮮血が不意をつかれる峻烈さで、ドロリとあふれ出ている。

「おおおう。お兄ちゃん、イッちゃう。もう、イッちゃう。もう私、我慢できないよう。おおおおお」

仰向けにつぶれた蛙さながらの体位を強要されながら、由衣は股のつけ根の穴ぼこを肉スリコギで蹂躙された。

グチョグチョと派手な汁音を立て、少女の淫肉が激しくきしむ。

性器と性器の隙間から、蟹のあぶくさながらに愛蜜があふれ出し、淫汁の白濁と破瓜の血が混じった無数の泡を、ぶくり、ぶくりとふくらませる。

「ああ、俺ももうだめだ。ち×ぽ汁ほしいか、由衣」

キーンと遠くから耳鳴りがした。不穏なノイズは潮騒のような音に変わり、一気にゴオオッとうなりをあげて北岡に襲いかかってくる。

「おおおう。ち×ぽ汁、ほしい。お兄ちゃん、ち×ぽ汁ちょうだい」

「兄妹なのにか。由衣、それでもいいのか」

ヌルヌルした膣ヒダと擦れ合う亀頭は、もはや爆発寸前だ。

甘酸っぱいひらめきをひと擦りごとに強くさせ、ペニスばかりか肛門までもがせつないうずきを連発させる。ググッと奥歯を噛みしめれば、口の中いっぱいに亀頭で感じるのと同じ、甘酸っぱい唾液が分泌される。

(ああ、もうイク!)

「おおおう。お兄ちゃん、私、世界一幸せな妹だよう。お兄ちゃんのち×ぽ汁、マ×コに注いでもらえるの。世界一幸せなマ×コなの。世界一。世界一。おおおおう」

「由衣、出る……」

「おおお。お兄ちゃん、おおおおおう。おおおおおおおっ!!」

——どぴゅどぴゅっ! びゅるる! どぴゅどぴゅどぴゅっ!

エクスタシーの雷が、脳天から北岡をたたき割った。

意識が完全に白濁する。

重力からすら解放され、天空高く一発の花火のように打ちあげられる。

（あああ……）

なんて気持ちのいい射精なのだろう——北岡はうっとりとした。

とろけるような、とはまさにこのこと。温められたバターのように、身も心もドロドロと溶解していく心地になる。

「ああ……あああ……お、お兄ちゃん……」

「由衣……」

だが、それでもペニスだけは、なおも硬いままだった。

ズッポリと根元まで由衣の秘唇に突き刺さり、ドクン、ドクンと脈動しては、吸いつく牝穴を全方向に押しひろげる。

「入ってくる……うれしいプレゼント……私……幸せすぎて恐いよう……」

「ああ、由衣……」

あまりのかわいさに、ふたたび覆いかぶさって、力の限り抱きすくめる。

「はあぁ……」

由衣は身体からすべての空気がもれ出すような、感きわまったため息をついた。

そんな少女の膣奥に、なおも水鉄砲の勢いでザーメンを注ぎこんでいく。

由衣がうっとりと目を閉じた。

そんな妹のキュートな美貌を確認し、北岡も同じようにする。

汗ばむ女体の左の胸で、少女の心臓がとくとくと、かわいい拍動をくり返した。

8

激しい雨が傘をたたいた。

うつむき加減のまま、女教師は足早に北岡のアパートを離れていく。

深夜の住宅街。人っ子一人、通りにはいなかった。

ついさっき、北岡の部屋から獣のような声が聞こえたのは、決して空耳などではないはずだ。

同じ女としてよくわかる。由衣は幸せそうだった。なにもかも忘れて、はしたない女の悦びにとろけきっていた。

この場に来たら、もっと惨めな思いをさせられる——そんなことは最初からわかりきっていたはずだった。それでも来ずにはいられなかったのは……。

「やっぱり……マゾなのかしら、私」

咲希は自嘲ぎみに言って笑おうとした。

だが、うまくいかなかった。視界が涙でかすみ、表情がくしゃっとなってしまう。

「うう……」

もうだめだと思った。力が抜けたようにしゃがみこみ、傘をほうり出して顔を覆う。

咲希は泣いた。身も世もなくしゃくりあげた。

激しい雨が咲希の泣き声を消してくれた。息もできなくなるぐらい、声をあげて泣きつづけた。

「大丈夫？」

すると、誰かがすっと傘をさし出した。

こんな時間に、まだ外を出歩いている人がいただなんて。

しかも、女性だ。教師だというのに、なんともみっともないところを見られてしまったものである。

「す、すみません……」

鼻をすすり、眼鏡の下に手を入れて涙を拭いながら、咲希は声の主を見た。

「あっ……」

「あら……」

二人は同時に声をあげた。傘をさしかけてくれているのは、北岡のかつての恋人——たしか美和という名の美しい女性だった。

「なにやってんの」

美和は驚いたように咲希に聞いた。両目を見開き、信じられないものを見たとでも言いたげな顔つきで、咲希の目の奥をのぞきこむような表情になる。

「あっ、こ、これは……」

咲希はとまどった。路面にしゃがみこんだまま、ずぶ濡れの心から適切な言葉をつかんで引っぱり出そうとする。

「これは……」

「……？」

だが、うまくいかない。つかもうとする端から、魚のように言葉は逃げた。

「ううっ……」

「あ、あの——」

「ううう。美和さん、美和さん、うえええっ……」

咲希はいきなり立ちあがるや、号泣しながら美和に抱きついた。自分でも驚いたが、それが咲希の出した答えだった。

「えっ、ええっ？」

「あーん」

「さ、咲希さん……」

美和はうろたえたようだった。

当たり前と言えば当たり前だ。彼女を仇敵だと思ってもしかたのない女が、恥も外聞もなくしがみついてきたのである。

「うう……？」

だがやがて、そんな美和の気配が少しずつ変わる。とまどいながらも咲希の背中に手をまわし「よしよし」と言うようにぎこちなく撫でた。

手にはレジ袋を持っているらしい。袋の中の商品が、スリスリと咲希の背中をふり子のように擦った。

「美和さん」

嗚咽しながら咲希は言った。

「お酒、飲みに行きませんか」

「えっ」

「どこも開いてなければ、私の家でもいいです」

「はあ？　これから？」

美和は驚いたように高い声で聞く。

「ご迷惑ですか。ひぐっ」

咲希は子供のようにしゃくりあげながら、ふるえる声で聞いた。

「咲希さん……」

美和はそう言ったきりなにも言わず、ひとしきり、咲希の背中をさすりつづけた。

しのつく雨が二人の傘をバラバラとたたいて足もとに落ちる。

「まあ……これからって人につっこめる女じゃないのよね」

ほどなく、道化た口調で美和が言った。

美和から離れてきょとんと見ると、彼女は「ウフフ」と色っぽく笑い——。

「あっ、勘違いしないでね。私、ヒデちゃんとエッチするために来たわけじゃないから。ほんとよ。二人きりでお酒を飲もうとしたこと自体許せないって言われちゃったら、もうなんにも言えないけど。ちょっと彼に話したいこともあったんで」

ばつの悪そうな美和の笑顔に、咲希はかぶりをふった。「うう……」とうつむき、悲しみの雨をポタポタと濡れた瞳から路面に落とす。

「あン、泣かないでってば。えっと、そうね……そうそう。お酒ならあるけど、どうする。ほんとに咲希さんの家に行ってもいいの？」

そう言うと、美和は下げていたレジ袋を、苦笑しながらあげた。そこには何缶かのビールと、ツマミらしきものがほどよい感じで入っている。

「美和さん……」

「よっしゃ。じゃあ、今日は女同士でとことん飲みましょ。つまり、ヒデちゃん……北岡さんと、なにかあったってことよね」

「うええぇ……」

「ああ、わかった、わかった。泣かないで。じゃあ、行きましょうか」

美和は色っぽく笑うと、落ちていた傘を拾って咲希に渡した。

咲希は泣きながらそれを受けとる。美和の笑顔はいっそうやさしくなった。

咲希はなおも慟哭《どうこく》しながら、美和といっしょの傘に入った。

不機嫌きわまりない土砂降りの夜の底を、眼鏡のレンズをくもらせたまま、歯を食いしばって歩きはじめた。

エピローグ

「そんなに怒らなくてもいいじゃないか」

「怒ってないもん」

由衣はかわいくほっぺをふくらませ、ぷいっとあらぬ方を向いた。

そんな妹の愛くるしい態度に、北岡はつい相好《そうごう》を崩してしまう。

見渡す限りの桜だった。

その下にはどこまでも、一面の菜の花がつづいている。

花をめでに訪れたたくさんの客たちが行き来していた。たしかに噂には聞いていたが、さすがにこの時期だけはいつもとは別の場所のようである。

北岡は由衣と二人、夕暮の通りを家に向かっていた。

川沿いの、のんびりとした田舎道。流れているのは、この地方一番と名高い一級河川で、対岸との距離は思いのほか離れている。

今日も無事に、一日勤めあげてきた。

額どころか身体中に汗して働いているのは、昨日から派遣された大規模マンション造成地での人足としての仕事である。

この道に入って、まだ八カ月ほどしか経っていない。だが、北岡の身体はいつの間にか、ガテン系の仕事のせいで逞しさが増している。

先ほど北岡は、現場まで迎えに来てくれた由衣を、仲間たちに「妹だ」と紹介したのだった。由衣はそのことを不満そうに怒り、かわいくいじけているのである。

「恋人だもん」

唇をすぼめ、すねたような顔つきで由衣は言った。

「だから、悪かったたって」

「私、妹だけど妹じゃないもん。お兄ちゃんと毎晩エッチしてる妹なんて、世の中にいないもん」

「ここにいるけどな」

「だから、そういうのは妹じゃないって言ってるの。恋人、恋人」

「わかってるよ」

「あっ……」

北岡は苦笑しながら、由衣の手をにぎった。いきなり指をからめられ、由衣はそれまでの威勢のよさが嘘のように、たちまち顔を真っ赤に染める。

彼女も同じように仕事帰りだった。商店街の弁当屋で、毎日忙しく働いて家計を支えてくれている。

北岡たちが以前暮らしていた街から、遠く離れた北国だった。

あのあと二人は、なにもかも捨てて街から逃げ出すことを考えた。

ぐずぐずしていると、またいつ皆野の魔の手が伸びてこないとも限らなかったし、もうこの街では暮らせないと、覚悟を決めたすえの行動だった。

だが、いったいどこへ。金はどうする――。

そんなふうに悩んでいた北岡に手をさし伸べたのが、咲希と美和だった。

咲希は自分の田舎で土建業を営んでいる兄を頼ればいいと紹介してくれた。それどころか、実兄を通じていろいろと手配までしてくれ、北岡と由衣は新しい住みかも、驚くほどスムーズに確保できた。

また美和は美和で、貸してやった金に思ってもみなかった利子までつけ、北岡のもとに戻してきた。

なぜだか美和は、いつの間にか咲希と意気投合していた。

そして、北岡が貸してやった金で急場を脱することができたどころか、神さまからの贈り物のように、夫の尻尾《しっぽ》をつかむことにも成功していた。

なんと美和の夫は、一族の総帥でいまだに頭のあがらない実父が寵愛する二十代の美しい愛人を、父からこっそりと寝取っていた。

そのことに気づき、証拠までつかんだ美和は、それを契機に一発大逆転。劣勢に立った夫が四の五の言えぬ強力な立場をがっちりと確保した。

なにしろ美和がその気になれば、彼女が探偵を雇って手に入れた危ない証拠の数々が、すぐさまうなりをあげるのだ。それを見た実父の怒りを買い、安泰だったはずの将来が粉々になるかもしれない恐怖を前にしては、家柄以外なにも誇れるものなどない彼女の夫はひとたまりもなかった。

——だから、お金ならもうなんとかなるの。ヒデちゃん、ほんとによかったね。

美和はそう言って、北岡に金をにぎらせた。

北岡はそんな、かつての恋人二人の思わぬ加勢に心から「ありがとう」と礼を言い、由衣と二人あわただしく、住みなれた街をあとにしたのである。

こうして今、北岡は由衣と二人、古くて狭いながらも幸せに満ちた六畳一間のアパートで、つましい日々を送っていた。

由衣に高校を辞めさせてしまったことは返すがえすも心残りだったが、なんとか生活をととのえたら「高等学校卒業程度認定試験」を受けるための個人教授をしてやろうと思っている。

もっとも勉強嫌いな由衣は「高卒資格なんていらない。私はお兄ちゃんの恋人でいられればそれでいいの」と言って聞かなかったが。

「それにしてもきれいだね」

「えっ」

見ると、由衣はいつの間にか機嫌を直していた。

ニコニコと満開の桜を見あげる。北岡に片手をかざし、肉や野菜がいっぱいに入ったスーパーのレジ袋をにぎらせる。

「えへへ」

由衣はスマートフォンをとり出した。うれしそうに北岡のそばを離れ、桜と菜の花に近づいてカメラのシャッターを切る。

この地方有数と名高い川沿いの桜並木は、今日ようやく満開になったばかりだった。あさってからの週末には、より多くの花見客たちでにぎわい、はかなくも美しいその姿で、たくさんの人々を幸せな気持ちにさせることだろう。

（由衣……）

両手にレジ袋という格好になってしまったが、北岡もまたスマホをとり出した。しかしカメラを向けるのは、桜でも菜の花でもない。

スマホをかまえ、由衣に向かってシャッターを切った。

美しい妹の人生にたった一度しかない十七歳の春の彼女を、永遠のひとコマとして切り取っていく。

「ああ、なに勝手に撮ってるのー」

北岡に撮られていることに気づいた由衣が、恥ずかしそうな笑顔になった。

そんな妹に――いや、かわいい恋人に、もう一度北岡はカメラを向ける。

由衣が笑った。

Ｖサインを作った。

北岡は由衣にシャッターを切り、彼女に向かって駆け出した。

◉新人作品**大募集**◉

マドンナメイト編集部では、意欲あふれる新人作品を常時募集しております。採用された作品は、本人通知のうえ当文庫より出版されることになります。

【応募要項】未発表作品に限る。四〇〇字詰原稿用紙換算で三〇〇枚以上四〇〇枚以内。必ず梗概をお書き添えのうえ、名前・住所・電話番号を明記してお送り下さい。なお、採否にかかわらず原稿は返却いたしません。また、電話でのお問い合せはご遠慮下さい。

【送付先】〒一〇一-八四〇五 東京都千代田区神田三崎町二-一八-一一 マドンナ社編集部 新人作品募集係

教え子《おしえご》 甘美《かんび》な地獄《じごく》

著者◉殿井穂太【とのい・ほのた】

発行◉マドンナ社
発売◉二見書房
東京都千代田区神田三崎町二-一八-一一
電話 〇三-三五一五-二三一一（代表）
郵便振替 〇〇一七〇-四-二六三九

印刷◉株式会社堀内印刷所 製本◉株式会社村上製本所 落丁・乱丁本はお取替えいたします。定価は、カバーに表示してあります。
ISBN978-4-576-20105-4 ◉Printed in Japan